Ulf Miehe LILLI BERLIN

Ulf Miehe

LILLI BERLIN

Kriminalroman

Rotbuch Verlag

ISBN 978-3-86789-198-1

1. Auflage dieser Ausgabe

Erstmals erschienen im Piper Verlag, München 1981
Umschlaggestaltung: fuxbux, Berlin
Umschlagabbildung: photocase / Osawa
Druck und Bindung: CPI Moravia Books GmbH

Ein Verlagsverzeichnis schicken wir Ihnen gern:
Rotbuch Verlag
Alexanderstraße 1
10178 Berlin
Tel. 01805/30 99 99
(0,14 Euro/Min., Mobil max. 0,42 Euro/Min.)

www.rotbuch.de

Inhalt

für ANGELIKA

Gedenke doch,
wo ist ein Unschuldiger umkommen?
oder wo sind die Gerechten je vertilget?

HIOB 4,7

1
Schatten der Vergangenheit

Ja, ich kannte Rick Jankowski, es wäre töricht, das zu leugnen. Ich heiße Benjamin, aber es geht hier nicht um mich in dieser Geschichte, sondern um ihn. Ich erzähle sie nur, und zwar mit seiner Hilfe und auf seinen Wunsch. Zurzeit ist er, allen immer wieder auftauchenden Spekulationen zum Trotz, unauffindbar und steht offiziell unter Mordverdacht. Zu Unrecht, behaupte ich, denn ich glaube Rick Jankowski zu kennen, und zwar besser noch als ein Sparkassenangestellter die laufenden Zinssätze.

Meine Angaben bei den ersten polizeilichen Vernehmungen entsprachen nicht ganz der Wahrheit; die Umstände waren nicht danach. Ich bleibe jedoch dabei, nicht Rick Jankowski hat Werner Karl Lausen umgebracht, und ich behaupte ferner, es besteht ein erhebliches Interesse gewisser Kreise daran, den schwarzen Peter Rick Jankowski zuzuschieben. Und man will so schnell wie möglich dichtes Gras über die ganze Geschichte wachsen lassen.

Ich nehme an, dass mein Telefon abgehört wird, und während ich dies schreibe, sitzt unten auf der Straße dieser Kerl mit dem Schnurrbart über der Hasenscharte in seinem grünen Golf und wartet darauf, dass ich das Haus verlasse, um mir dann zu folgen. Seit ich Rick Jankowski an jenem Tag nach all den Jahren wiedertraf, habe ich praktisch keinen unbeobachteten Schritt mehr getan. Dies alles geschieht nur, weil man annimmt, dass ich eine direkte Verbindung zu ihm habe.

Um es gleich zu sagen, ich weiß wirklich nicht, wo er jetzt ist. Er wird sich jedoch kaum noch hier in Berlin aufhalten, sonst hätten ihn inzwischen die einen oder die anderen geschnappt. Keine Ahnung, auf welchem Wege es ihm gelungen sein mag, die geteilte Stadt zu verlassen. Auch für mich verliert sich seine Spur im Nichts. Man kann sagen, er hat mich hier mit seiner Geschichte sitzenlassen und, was schlimmer ist, auch mit seinen Problemen. Aber das war schon immer seine Art; Schwierigkeiten wich er gerne aus.

Es war an einem trügerisch schönen Tag im Januar, als ich Rick Jankowski nach mehr als fünfzehn Jahren zum ersten Mal wiedersah. Die Sonne schien vom Himmel, als habe sich ein Frühlingstag in den Winter verirrt, und man musste schon auf den Kalender blicken, um nicht darauf hereinzufallen.

Ich lebte erst seit kurzem wieder in Berlin, hatte eine Wohnung in der Nassauischen Straße in Wilmersdorf und kam am Abend aus der Innenstadt dorthin zurück.

Im Hausflur begegnete ich Herrn Zwerg, dem Hauswart, einem Mann von Ende dreißig, der hier alles sehr genau nahm und mich seit meinem Einzug mit wachsendem Interesse beobachtete, weil er mich, wie ich annehme, nirgends so richtig einordnen kann. Zwerg ist ein breiter, schwammiger Mann mit ungesunder Gesichtshaut, einem kurzen Schnurrbart unter der Nase und flinken, kontaktscheuen Augen.

Er blieb stehen, blickte an mir vorbei und sagte drohend: »Sie haben wieder Musik gespielt, Herr Benjamin!«

»Hab ich. Ist das etwa auch verboten?« Im Flur hing nämlich ein riesiges Schild mit einer ellenlangen Verbotsliste.

»Nein, Herr. Wir leben ja hier im Westen, nicht im Osten. Hier hat jeder seine Freiheit. Die Frage ist, wann und wie laut! Ich hab hier schließlich die Verantwortung!«

Ich ging an ihm vorbei zum Fahrstuhl, und seine Augen folgten mir. Ich fuhr mit dem altmodischen Fahrstuhl in den dritten Stock hinauf und ging in meine Wohnung. Die Tür fiel hinter mir ins Schloss.

»Hände hoch und umdrehen! Aber langsam!«

Mir fuhr der Schreck in alle Glieder, und ich hatte plötzlich das Gefühl, keine Knie mehr zu haben. Ich drehte mich ziemlich verstört um und erkannte ihn sofort. Rick Jankowski stand auf der Schwelle zum Wohnzimmer. In seinem bleichen, schweißnassen Gesicht stand ein Ausdruck von Traurigkeit und Ekel. Er hatte eine Pistole in der Hand und sah aus, als ob er Schmerzen hätte.

»Benjamin! Gott sei Dank«, sagte er hastig.

»Rick! Wie kommst du denn hier herein?«

Rick winkte ab. Er ließ die Pistole sinken und ging auf unsicheren Beinen wie ein Betrunkener ins Wohnzimmer. Dort ließ er sich der Länge nach auf die Couch fallen. »Mach die Vorhänge zu!«

Ich zögerte. »Rick, was ist los mit dir?«

»Mensch, tu, was ich dir sage!«

Ich zog die Vorhänge zu.

»Ist das der Hausmeister, der Kerl mit dem Schnurrbart da unten im Hausflur?«

»Ja.«

»Der hat mich gesehen. Ich muss wieder weg.«

In meinem Kopf ging es drunter und drüber, und ich wusste nicht, was ich Rick zuerst fragen sollte. Er sah verzweifelt aus und stöhnte leise.

»Hast du Blut gesehen, im Flur oder im Fahrstuhl?« Ich starrte ihn an. Zuerst dachte ich, sein Ärmel sei nass, aber dann sah ich, dass es tatsächlich Blut war. »Lass, du hast nicht darauf geachtet.« Er versuchte zu grinsen, aber es gelang ihm nicht. »Lange nicht gesehen, was? Willst du dich nicht setzen?«

»Rick, sag mir endlich, was los ist!«

»Ich hab so oft an dich gedacht, Benjamin. Eigentlich komisch, wenn man bedenkt, wie lange wir uns nicht gesehen haben, findest du nicht?« Er tastete mit der rechten Hand zu seinem linken Oberarm und verzog das Gesicht. »Das ist nichts Schlimmes, bloß ein Streifschuss. Ein Kratzer, also hör auf, so ein Gesicht zu machen, und gib mir ein Handtuch oder irgendwas, sonst versaue ich dir hier noch die ganze Garnitur.«

Ich ging ins Badezimmer, machte Licht, holte ein Handtuch und wickelte es ihm fest um den Arm. Er blickte mich langsam von oben bis unten an und sagte in seiner ironischen und zugleich pathetischen Art, die mir an ihm so vertraut war:

»Erinnerst du dich noch daran, Benjamin, an damals, als wir noch zusammen waren, Lilli, du und ich?«

»Ja, immer in den Sommerferien«, sagte ich.

Er wurde noch um einen Deut blasser. »Hast du irgendeinen Schnaps da?« Ich gab ihm einen Whisky, den er mit einem großen Schluck austrank. »Und du, wie geht's dir?«

»Ich finde, wir sollten lieber von dir reden.«

Er wischte sich den Schweiß von der Stirn und den Augenbrauen und hielt mir das leere Glas hin. »Du willst wissen, was passiert ist? Das ist eine lange Geschichte, die ich dir jetzt nicht erzählen kann. Ich muss hier schnellstens wieder weg.« Dabei langte er in die Innentasche seiner hellen Tweedjacke, zog eine schwarze Schreibkladde hervor und legte sie auf den Tisch. »Weißt du, ich habe schon immer ein bisschen für mich geschrieben, vor allem wenn mir langweilig war. Das war so eine Art Tagebuch, da steht fast meine ganze Geschichte drin. So kannst du sie wenigstens lesen. Pass auf: In ein paar Tagen werde ich dich anrufen; ich lasse es viermal bei dir klingeln, lege wieder auf und wähle neu, dann weißt du, dass ich es bin. Ich werde dir dann mehr erzählen, falls dir mein Tagebuch nicht reicht. Jetzt hör genau zu und merk dir, was ich dir sage: Von heute an musst du auf der Hut sein. Tut mir leid, Benjamin, dass ich dir das eingebrockt habe, aber es ging nicht anders. Die Polizei wird nach mir fragen – du weißt am besten von gar nichts. Kann auch sein, dass welche von drüben kommen und nach mir fragen – das sind zwei: Der eine ist mittelgroß und ziemlich mager, hat eine Halbglatze und läuft meistens in einem braunen Anzug herum. Er sieht eher unauffällig aus, aber das täuscht. Der andere ist so ein Dicker, Großer mit Schweinchenaugen und einem Backpfeifengesicht. Zuletzt hatte er einen blauen Blazer mit Messingknöpfen an. Wimmel sie auf jeden Fall ab. Lass sie gar nicht erst herein, sonst wirst du sie so schnell nicht wieder los. Und leg meine Kladde gut weg, pass auf, dass sie niemand außer dir selber in die Hände bekommt.«

»Und warum das Ganze? Worum geht's denn überhaupt?«, fragte ich ungeduldig.

»Ich kann's dir jetzt wirklich nicht sagen, Benjamin. Lies morgen früh die Zeitung, da wird drinstehen, dass mich die Polizei deswegen sucht. Vielleicht verschweigen sie auch alles.«

»Und was hast du damit zu tun?«

Rick überhörte meine Frage. »Er heißt Lausen, Werner Karl Lausen, und nannte sich selber WKL. Ich war sein Leibwächter. Jede Wette, dass sie mir den Mord anhängen wollen. Aber ich war's nicht, Benjamin, ich schwör's dir. Wenigstens du musst mir das glauben.«

Wieder versuchte er zu grinsen, wieder misslang es ihm. »Bei unserer Blutsbrüderschaft von früher.«

»Mensch, mir wird ganz anders!«

»Hab keine Angst, Benjamin, es wird schon alles wieder werden. Du hast das Tagebuch, wir werden noch reden, und du wirst eine Geschichte daraus machen, das ist doch dein Beruf. So ein bisschen Wirklichkeit wird nicht schaden. Um mich mach dir keine Sorgen. Ich werd schon zurechtkommen. Und du, du weißt am besten von gar nichts. Nicht einmal geträumt hast du von mir, hörst du?«

Er stand auf und umarmte mich. Ich spürte, wie er innerlich zitterte. »Mach's gut, Benjamin, und denk dran, was ich dir gesagt habe. Den mit der Halbglatze und den Dicken darfst du auf keinen Fall hereinlassen! So, jetzt muss ich aber weg.«

Ich nickte geistesabwesend. Mir war zumute, als hätte ich zu schnell zehn Liegestütze hintereinander gemacht. »Ich bring dich runter.«

»Kommt nicht in Frage, du bleibst hier. Es ist besser, wenn man uns nicht zusammen sieht.«

Die Wohnungstür fiel hinter ihm ins Schloss. Er war weg. Ich setzte mich und nahm mir einen Whisky.

Ich weiß nicht mehr, wie lange ich so dagesessen habe, während es sich in meinem Kopf überstürzte und ich vergeblich versuchte, einen klaren Gedanken zu fassen. Irgendwann klingelte es an der Tür.

Ich zwang mich, die aufkommende Panik zu unterdrücken und ruhig zu überlegen. Die Haustür unten war schon seit acht Uhr abgeschlossen. Wenn ich also nicht den Summer betätigte, konnte niemand hereinkommen. Ich trat ans Fenster, schob vorsichtig den Vorhang zur Seite und blickte nach unten. Auf der Straße, unter einer Laterne, stand ein dicker Mann mit einem feisten Gesicht und abstehenden Ohren; einen Blazer hatte er nicht an, aber es konnte schon einer von Ricks Verfolgern sein. Er blickte eindeutig und unverwandt zu meinem Fenster hoch. Ich wusste, er konnte mich nicht sehen, trotzdem hielt ich unwillkürlich den Atem an. Es klingelte ein zweites Mal. Diesmal lange und ausdauernd. Ich rührte mich nicht von der Stelle. Der Dicke ging ein paar Schritte auf und ab und blickte dann wieder hoch zu mir. Einen Augenblick später trat ein zweiter Mann vom Hauseingang aus zu dem Dicken und redete mit ihm. Das konnte nur der sein, der geklingelt hatte. Sie blickten beide noch mal hoch, dann zuckte der Dicke mit den Schultern. Sie überquerten die Straße, stiegen in einen hellblauen Audi mit Westberliner Kennzeichen, und die Türen klappten hinter ihnen zu. Ich atmete auf. Aber der Wagen fuhr nicht ab.

Ich ließ den Vorhang los, trat vom Fenster weg und machte eine kleine Tischlampe an. Dann entdeckte ich Blutstropfen auf der Couch und auf dem Teppich. Ich musste sie unbedingt wegmachen. Ich versuchte, ihnen mit einem Reinigungsmittel aus der Tube und mit einem Schwamm beizukommen, und es gelang mir auch, die Blutflecken wegzumachen. Dafür aber waren von der Herumwischerei jetzt zwei größere helle Flecken auf dem Teppich entstanden. Um das auszugleichen, hätte ich den ganzen Teppich reinigen lassen müssen. Ich hörte auf damit, bevor ich alles nur noch schlimmer machte.

Von Zeit zu Zeit blickte ich aus dem Fenster. Inzwischen war ich ein wenig ruhiger geworden. Der blaue Audi stand immer noch da. Sie warteten also. Es sah nicht danach aus, als ob sich Rick Jankowski seine Geschichte aus den Fingern gesogen hätte.

In dieser Nacht schlief ich schlecht und hatte Albträume. Ich träumte nach langer Zeit wieder vom Krieg. Sirenen heulten lang und klagend, das dumpfe Grollen der Bomber, das langsam, aber unaufhaltsam näher kam, war hoch in der Luft, darauf das helle Pfeifen der zur Erde stürzenden Bomben und die Stille kurz vor der Explosion. Dann erzitterten die Wände des Luftschutzbunkers, Staub und Mörtel fielen von der Decke. Ich schreckte hoch.

Das war nun alles schon so lange her, aber das hatte sich eingefressen, das ging einfach nicht mehr weg. Ich lag lange wach. Frau Jankowski, Ricks Mutter, hatte meinem Großvater erzählt, dass eine Bombe im Lager ihrer Eisenwarenhandlung eingeschlagen war, gerade als sie das Haus verlassen hatte, und Rick saß neben mir und hielt seine Bilderbücher umklammert und die Lokomotive seiner hölzernen Spielzeugeisenbahn.

Im Morgengrauen klopfte die Polizei an meine Tür. Sie hatten erst bei Herrn Zwerg geklingelt, ihn aus dem Bett geholt und waren dann zu mir hochgekommen. Herr Zwerg stand hinter ihnen im Treppenflur vor meiner Tür, sein Leib war eingezwängt in einen Frotteebademantel mit breiten weißen und blauen Streifen, und er machte ein Gesicht, als hätte ihm jemand ein faules Ei in die Tasche gesteckt. Die beiden Männer vor ihm waren zwischen vierzig und fünfzig und trugen helle Popelinemäntel. Einer hatte eine Brille mit starken Gläsern, hinter denen seine Augen unnatürlich klein wirkten. Er räusperte sich und sagte: »Sie sind Herr Benjamin.« Ich nickte und wünschte mir in diesem Augenblick, ich hätte das mit Rick gestern Abend alles nur geträumt.

»Polizei, können wir reinkommen?«

»Woher soll ich wissen, dass Sie das wirklich sind?« Mit einer raschen, eingeübten Handbewegung hielten sie mir ein eingeschweißtes Stück Papier hin, steckten es sofort wieder ein und gingen wortlos an mir vorbei in die Wohnung. Herr Zwerg setzte sein verantwortungsvolles Gesicht auf und wollte ihnen folgen.

»Sie bleiben draußen«, sagte der Mann ohne Brille und schlug ihm die Tür vor der Nase zu. Er hatte ein pausbäckiges müdes Gesicht, einen zu kleinen Mund und sah aus wie ein gealterter Sängerknabe.

»Entschuldigen Sie, aber ich hätte gerne Ihre Namen gewusst.«

Der mit der Brille schaute ins Schlafzimmer, ins Bad

und in die Küche, kam zurück und sagte: »Scheint nicht mehr hier zu sein. Mein Name ist Jatzkewitz.«

»Kappelmann«, ergänzte der mit dem runden Gesicht und blickte mich müde an.

»Sie kennen Richard Jankowski.« Es war keine Frage, es war eine Feststellung.

»Ja, ich kannte ihn. Aber das ist schon eine Ewigkeit her, fünfzehn Jahre oder so. Wir waren als Kinder miteinander befreundet. Warum fragen Sie?«

Kappelmann warf seinem Kollegen Jatzkewitz einen Blick zu. Der schüttelte den Kopf und fing an, im Zimmer auf und ab zu gehen. Kappelmann zog eine Grimasse, als habe er alle Mühe, das eben Gehörte zu begreifen, und sagte: »Sie behaupten also, Sie haben ihn mal gekannt, aber das sei lange her. Sie wissen natürlich auch gar nicht, warum wir ihn suchen.«

»Nein, keine Ahnung.«

Jatzkewitz unterdrückte ein süffisantes Lächeln und blieb ruckartig vor der Couch stehen. Kappelmann fuhr fort: »Demnach ist er also auch nicht hier gewesen, kann er ja gar nicht.«

»Richtig.«

Jatzkewitz setzte sich in den Sessel, und sein Blick wanderte von der Couch zu den hellen Stellen auf dem Teppich. »Ein Jammer ist das, diese modernen Reinigungsmittel sind einfach zu scharf. Man ruiniert sich den ganzen Teppich damit.« Seine Stimme klang betont beiläufig.

»Rotwein macht nun mal Flecken.«

»Rotwein ist gut!« Kappelmann lachte kurz und fuhr mit seiner Schuhspitze über die hellen Flecken. »Er ist verletzt, er hat geblutet, und Sie haben es weggemacht. Geben Sie es doch zu.«

Ich schwieg, und mein Blick wanderte auf dem Teppich umher. Verdammt, da war doch tatsächlich noch ein Blutfleck, wenn auch ein ziemlich kleiner, den ich übersehen hatte. Gott sei Dank übersahen ihn die beiden auch.

Jatzkewitz seufzte. »Wie Sie meinen, Herr Benjamin.«

»Geht ganz schlecht weg, Blut, wissen Sie«, sagte Kappelmann.

»Sagen Sie mal, was wollen Sie eigentlich von mir? Sie platzen hier herein, schnüffeln in meiner Wohnung herum, ohne irgendetwas Schriftliches in der Hand zu haben, und ergehen sich in wüsten Andeutungen.«

Kappelmann runzelte die Stirn und stieß verächtlich die Luft durch die Nase aus. Jatzkewitz musterte mich mit gespielter Nachsicht, und die beiden sahen sich an. Kappelmann sagte: »Sie kennen den Mann, den wir suchen. Er war gestern bei Ihnen. Sie decken ihn.« Jatzkewitz sagte: »Sagen Sie uns, wo er ist, bevor Sie alles nur noch schlimmer machen.« Seine Stimme war sanft.

»Ich sagte doch, ich kenne ihn. Aber deswegen weiß ich noch lange nicht, wo er jetzt sein soll.«

»Sie haben überhaupt keinen Anlass, hier den Unwissenden zu spielen, Herr Benjamin. Wir wissen Bescheid über Sie. Wir kennen doch Ihre Einstellung. Uns können Sie nichts vormachen.«

»Ich würde gern Ihre Ausweise noch mal sehen.«

»Aber Herr Benjamin, die haben Sie doch schon gesehen«, sagte Jatzkewitz leise. »Hören Sie lieber endlich auf, uns hier eine Komödie vorzuspielen. Mit uns können Sie das nicht machen.«

»Drucksen Sie nicht lange herum, sagen Sie uns schon, was Sie wissen!«, drängte Kappelmann.

»Ich hab Ihnen gesagt, was ich weiß.«

»Dieser Jankowski ist Terrorist«, sagte Kappelmann.

»Möglicherweise«, ergänzte Jatzkewitz.

Ich musste lachen, obwohl mir gar nicht danach zumute war. »Jankowski ein Terrorist? Das ist doch absurd!«

»Woher wissen Sie das? Hat er das Ihnen gegenüber etwa bestritten?«

»Wie können Sie so sicher sein, wenn Sie ihn doch seit fünfzehn Jahren nicht mehr gesehen haben?«, fragte Jatzkewitz triumphierend, als habe er die Fangfrage seines Lebens gestellt.

»Mit Ende dreißig wird man nicht plötzlich Terrorist, und Jankowski schon gar nicht. Er hat sich, soweit ich weiß, nie besonders für Politik interessiert«, sagte ich.

Kappelmann gähnte. Jatzkewitz warf mir einen langen, prüfenden Blick zu, dann sagte er: »Sie bringen da etwas durcheinander. Terroristen sind Kriminelle, sie schützen politische Motive bloß vor. Sie behaupten, er habe sich nie für Politik interessiert. Als Kind? Sie kannten sich doch nach Ihrer eigenen Aussage bloß als Kinder. Da stimmt doch etwas nicht.«

Ich starrte auf die Gardine und wusste nicht, was ich darauf entgegnen sollte.

»Geben Sie's auf, sagen Sie uns, wo er ist.«

»Wenn Sie ihn weiter decken, müssen Sie sich über die Folgen im Klaren sein«, sagte Jatzkewitz. »Ich frage Sie nochmals: Haben Sie uns wirklich nichts zu sagen?«

»Nein.«

»Sehr bedauerlich. Äußerst unklug, Ihr Verhalten«, bemerkte Jatzkewitz.

»Ich möchte, dass Sie jetzt gehen«, sagte ich. Zu meiner Überraschung taten sie das dann auch, nicht ohne erneut einen wissenden Blick auf die verdächtig hellen Stellen meines Teppichs zu werfen. Mir war klar, dass ich in einer ziemlich dummen Lage war.

Ich machte die Tür hinter ihnen zu, schloss ab, atmete erst mal durch und fragte mich, wieso immer wieder behauptet wurde, unsere Polizei sei langsam. Dann trat ich ans Fenster und blickte hinunter auf die Straße. Der blaue Audi war verschwunden. Ich beschloss, in der Wohnung zu bleiben, weil ich hoffte, Rick Jankowski riefe vielleicht noch an, lief unruhig in meinem Zimmer auf und ab und blickte hin und wieder aus dem Fenster. Eine Stunde später war der Wagen noch immer nicht wieder aufgetaucht, und Rick hatte nicht angerufen. Ich verließ meine Wohnung und ging die Treppen hinunter aus dem Haus, um mir eine Zeitung zu besorgen und zu frühstücken. Ich war froh, dass mir Herr Zwerg nicht begegnete.

Draußen war der Himmel mit einem kalten Blau überzogen, und zwischen den Häuserreihen hing ein leichter Nebel. Es war kalt. Wenn ich nicht schon beinahe darauf gefasst gewesen wäre, hätte ich den Mann wahrscheinlich gar nicht bemerkt. So aber, mit von der Aufregung geschärften Sinnen, fiel er mir doch auf. Ich blieb wie zufällig vor dem Schaufenster eines Tabakwarenladens stehen und betrachtete mit gespieltem Interesse die Reklameplakate und die billigen Pfeifen. Prompt vertiefte er sich in die Auslagen eines Geschäfts für Damenunterwäsche. Ich ging weiter, beschleunigte meinen Schritt, und er verlor sofort das Interesse an Büstenhaltern und Slips und ging ebenfalls schneller. Wenn ich langsamer wurde, fing auch er an zu trödeln, wobei er immer darauf achtete, nicht zu dicht zu mir aufzuschließen. Er hatte einen blonden Schnurrbart und trug eine Lammfelljacke mit rundem Kragen.

In meinem Kopf formte sich das Wort »beschatten«, und ich erschrak. Dieses Wort hatte für mich bisher immer zu einer Kriminalgeschichte gehört oder in einen Film, aber das hier war die Wirklichkeit, und das Schlimme war, ich konnte mich an keinen einzigen der üblichen Abschüttelungstricks erinnern.

Während ich die Güntzelstraße entlang bis zur Bundesallee ging, überlegte ich krampfhaft, wie ich den Mann loswerden konnte. Nicht weit von hier war ein U-Bahnhof. Ich ging schneller, rannte dann die Treppen zur U-Bahn hinunter und stempelte meine Sechserkarte. Ich hatte Glück – er war zu weit hinter mir.

Der Schaffner rief »zurückbleiben«, die Türen schoben sich zu, und ich sah gerade noch, wie mein Verfolger eilig die Treppe hinunterlief. Fürs Erste war ich ihn los, aber die Frage war, für wie lange. Ich setzte mich auf einen freien Platz und schloss einen Augenblick lang die Augen. Ich spürte, dass ich innerlich zitterte, und hoffte, man würde es mir nicht anmerken. Mir gegenüber saß ein türkisches Ehepaar mit einem kleinen Kind und neben ihnen ein älterer Mann, der in einer Morgenzeitung las. Er hielt sie so, dass ich die Schlagzeile lesen konnte: WKL TOT. OPFER EINES TERRORISTISCHEN ANSCHLAGS?

Rick hatte also recht gehabt. Im U-Bahnhof Berliner Straße stieg ich um in Richtung Rudow und verließ die U-Bahn am Südstern. Dort kaufte ich eine Morgenzeitung, ging hinüber in das Lokal *Südstern* und bestellte bei dem Vietnamesen an der Theke ein kleines Frühstück mit Tee. Dann las ich den Zeitungsartikel.

»Der bekannte Häuserkönig, von vielen auch Immobilienhai genannt, wurde gestern Abend tot in seiner Wohnung aufgefunden. Da sein Haus vor einem halben Jahr Ziel eines Bombenanschlags war, für den eine Gruppe von Terroristen die Verantwortung übernahm, geht die Polizei davon aus, dass er einem Terroranschlag zum Opfer gefallen ist.

WKLs Lebensgeschichte liest sich so, als hätte sie sich ein professioneller Serienschreiber aus den Fingern gesogen: Früher Tod der Eltern, arm wie eine Kirchenmaus, begann er als Bettelstudent: Germanistik, Philosophie. Den Grundstein zu seiner Karriere legte er mit seinem Wechsel vom Schöngeistigen zur Betriebswirtschaft. Einer seiner Lehrer urteilte damals über ihn: ein klarer Kopf, hochintelligent und präzise, mit viel Energie. Wir haben ihn alle sehr geschätzt. Er war einer der Allerbesten.

Werner Karl Lausen hatte einen ausgesprochenen Sinn fürs Praktische. Er hörte bald mit dem Studium auf und setzte das Gelernte in die Praxis um. Er fing ganz klein an und machte einfach immer weiter. Eine fast amerikanische Karriere: Nur begann er nicht als Tellerwäscher, sondern machte sein erstes richtiges Geschäft mit Kartoffelpuffern, genauer gesagt, mit einem Zentner Kartoffeln und einem Kanister Speiseöl. Er stellte sich selbst an die Straße damit. Vorher hatte er sich ausgerechnet, wie viele Kartoffelpuffer man aus einem Zentner Kartoffeln machen kann. Er wurde sie reißend los. Kartoffelpuffer waren sein erster Reibach. So begann sein Aufstieg.

WKL war nicht wählerisch in seinen Mitteln. Seine Geschäfte blieben streng im Rahmen des Gesetzes; aber wo das Gesetz dehnbar war, da strapazierte er es bis zum

Äußersten. Er kannte alle Gummiparagraphen. Die zuständigen Staatsanwälte ermittelten in vielen Fällen jahrelang, um Beweismaterial gegen ihn zu sammeln. Ergebnis: das Verfahren wurde kurz nach der Eröffnung eingestellt. Kosten zulasten des Steuerzahlers. Gelegentlich wurde er zu Geldstrafen verurteilt: Summen in Höhe vom Jahresgehalt eines durchschnittlichen Facharbeiters. Er legte niemals Berufung ein und ließ den Betrag sozusagen aus der Portokasse begleichen. Sein letztes Millionending: der Kauf fast eines ganzen Stadtviertels in San Francisco. Wollte er sich mit amerikanischen Kreisen seiner Branche anlegen, oder hatte er sich mit ihnen arrangiert? Man wusste und weiß es nicht. Fest steht, dass er äußerst zäh und geschickt verhandelte. Er war es gewohnt, zu bekommen, was er wollte. Aber war er sich auch über seine Grenzen im Klaren gewesen? Er endete nicht als exzentrischer Greis wie sein berühmter amerikanischer Kollege Howard Hughes. Der gegenwärtige Stand der Ermittlungen lässt keinen Zweifel daran, dass er eines gewaltsamen Todes starb, auch wenn die Umstände noch im Dunklen liegen.

»Damals«, so endete der Artikel, »nach dem missglückten Bombenanschlag, soll er Freunden anvertraut haben: ›Mit jedem Tag habe ich neue Feinde und neue Angst.‹ WKL hatte zum Geld ein Verhältnis wie der Süchtige zu seiner Droge. Er war kein glücklicher Mensch. Armer reicher Mann.«

In dem ganzen Artikel wurde Rick Jankowski mit keinem einzigen Wort erwähnt.

Im Hintergrund des Lokals ratterte ein betagter Staubsauger, und ein Geruch nach verbrannten Bierdeckeln hing in der Luft. Ein Pärchen, beide ganz in Orange mit einem Gurufoto an einer Holzperlenkette um den Hals, kam herein, im Nebenraum spielte ein halbwüchsiger Türke an einem Flipper, der jedes Aufprallen der Kugel mit einem merkwürdig sphärischen Geräusch begleitete, und aus der Musikbox kam ein neues Lied von Bob Dylan, das sich wie eines der ganz alten von früher anhörte. Mein Frühstück stand unberührt vor mir. Ich dachte unentwegt daran, dass Rick Jankowski ein Mörder sein sollte.

Ich fuhr mit einem Taxi nach Hause. Herr Zwerg fing mich im Hausflur ab. Er streckte mir seinen aufgeregt roten Kopf entgegen, als hätte er minutenlang die Luft angehalten.

»Herr Benjamin!«

»Ja?«

Er druckste herum, dann sagte er scheinheilig: »Es tut mir wirklich leid, aber ich konnte nicht anders, ich musste die Polizei rufen.«

»Das hab ich mir schon gedacht.«

»Nein, nein, heute Morgen doch nicht! Da hatte ich ja noch keine Ahnung, worum es überhaupt ging. Die hatten mich aus dem Bett geklingelt. Inzwischen hab ich aber das Blut auf der Treppe und im Fahrstuhl gesehen, und da hab ich mich schon gewundert.«

»Worüber denn?«

»Na ja, dass die Polizisten heute Morgen sich gar nicht um die Blutspuren gekümmert haben! Die sind bloß schnell hoch zu Ihnen und waren dann sofort wieder weg. Deshalb hab ich dann bei der Polizei angerufen und gefragt, ob ich das Blut nun wegwischen kann oder ob sie noch mal kommen wollen, wegen der Spurensicherung und so.« Er schwieg und blickte mich treuherzig an.

»Ja und?«

»Zuerst wurde ich von Apparat zu Apparat weitergereicht, dann hat irgendein Kommissar gesagt, ich soll nichts wegmachen, sie kämen gleich mal vorbei. Ja, und jetzt sind sie da, vor ein paar Minuten sind sie gekommen und warten oben auf Sie.«

Ich ließ ihn stehen und ging wortlos zum Fahrstuhl.

»Was sollte ich denn machen«, greinte Herr Zwerg hinter mir her, »dies war und ist ein anständiges Haus, und ich trage hier die Verantwortung!«

Im Fahrstuhl waren tatsächlich Blutspuren. Ich hätte mich ohrfeigen können, dass ich diese Entdeckung dem Hauswart überlassen hatte. Zwei Polizeibeamte erwarteten mich vor meiner Wohnungstür. »Sie sind Herr Benjamin?«

Ich nickte.

»Liebermann«, sagte der Mann, zeigte mir seine Polizeimarke und seine gelben Zähne.

»Rall«, sagte die Frau neben ihm. Sie war um die dreißig, trug Jeans, einen modischen Parka mit Pelzkragen und fellbesetzte Stiefel. Ihr Aussehen erinnerte mich an eine der blonden Superfrauen mit dem waschmaschinensauberen Sex auf den Plakaten für besonders leichte Zigaretten. Die ovale Polizeimarke aus Messing blinkte wie ein Schmuckstück in ihrer Hand.

»Kennen Sie einen Mann namens Richard Jankowski?«

»Ich kannte ihn.«

»Was meinen Sie mit ›kannte‹?«, fragte Herr Liebermann.

»Hören Sie«, sagte ich, »das habe ich doch alles Ihren

Kollegen schon gesagt. Ich sehe beim besten Willen nicht ein, warum ich das alles noch mal erzählen soll.«

Die beiden blickten sich an, als hätte ich ihnen auf Russisch geantwortet. Dann sagte Frau Rall: »Unsere Kollegen?«

»Ja. Sie waren schon im Morgengrauen hier, und ich habe ihnen alles gesagt, was ich weiß, nämlich nichts.«

»Wie waren denn ihre Namen?«

»Jatzkewitz und Kappelmann.«

»Das ist ja eigenartig«, sagte Herr Liebermann. »Denn erstens waren noch keine Kollegen vor uns bei Ihnen, und zweitens habe ich diese beiden Namen noch nie gehört.«

Ich verstand überhaupt nichts mehr.

»Na, wie erklären Sie sich das?«, fragte Frau Rall.

»Ich habe keine Ahnung«, entgegnete ich wahrheitsgemäß.

»Wollen Sie uns nicht hereinbitten, und wir sprechen in aller Ruhe über die ganze Sache?«

Das konnte ich schlecht ablehnen, ohne mich schon wieder verdächtig zu machen, und so gingen wir in meine Wohnung. Auch diesen beiden Kripobeamten gegenüber bestritt ich, dass Rick bei mir gewesen war, aber sie glaubten mir das ebenso wenig wie die Herren Jatzkewitz und Kappelmann zuvor, von denen ich jetzt nicht mal wusste, wer sie wirklich waren.

Eine halbe Stunde später ging mein Besuch. Ich schloss die Tür ab, holte Ricks Tagebuch aus seinem Versteck und fing an, darin zu lesen. Wenig später rief er selber an, und wir verabredeten ein Treffen, das nach einigen Vorsichtsmaßregeln zustande kam.

Im Folgenden habe ich versucht, seine Geschichte, oder

besser, die Ereignisse, in die er hineingeraten war, chronologisch zu erzählen. Ich stütze mich dabei auf das, was er mir selbst berichtet hat, auf sein Tagebuch, auf die Aussage Carmen Lehmanns und eigene Nachforschungen.

2
Der Tod des Leibwächters

Der Mann war nicht mehr als mittelgroß, hatte eine Halbglatze und trug einen braunen Anzug. Sein Gesicht war glattrasiert und gehörte zu jenen, die man sich auf den ersten Blick schwer merken kann. Er ging trotz des unfreundlichen Wetters ohne Mantel. Mit dem angewinkelten linken Arm presste er eine Aktentasche aus Lederimitat an seinen Körper. Sie war braun wie sein Anzug, hatte zwei Schließen und sah neu aus. Er stand in der überfüllten U-Bahn in Richtung Ruhleben, eingepfercht nahe einer Ausgangstür zwischen Angestellten, die von der Arbeit nach Hause fuhren, Türken, Griechen, Spaniern, Arabern, Hausfrauen, Studenten und alten Leuten. Die Schneeflocken auf den vielen Hüten und Mänteln schmolzen zu Wassertropfen, die mit den Ausdünstungen der eng zusammengedrängten Menschen verdampften. Die Luft war feucht und stickig.

Der Zug hielt am Nollendorfplatz. Der Mann im braunen Anzug ließ ein paar Eilige aussteigen, bevor er selbst den Bahnsteig betrat und in der Menge verschwand, die sich zum Ausgang schob. In der Unterführung tauchte er wieder auf und ging langsam zu einer Imbissstube.

Der Würstchenverkäufer hatte eine schmuddelige Schürze um und sah ihm zu, wie er die Currywurst und das Brötchen verzehrte. Das Brötchen kam aus dem Kühlschrank, war kalt und noch nicht ganz trocken. Als er fertig gegessen hatte, warf er den Pappteller und das breite Holzstäbchen mit den zwei ausgestanzten Zacken in den Abfalleimer. Bei allem, was er tat, hielt er die Aktentasche dicht an seinen Körper gepresst. Er nahm einen halbgerauchten Zigarrenstumpen aus seiner Brusttasche, klopfte seine Taschen mit der rechten Hand ab und holte eine Streichholzschachtel aus seiner Jackentasche. Er schüttelte sie. Dem Geräusch nach war sie noch halbvoll. Dabei fiel sein Blick auf das Etikett. Es war gelbrot und trug in der unteren rechten Ecke die Aufschrift VEB Zündwarenwerk Riesa. Er zerdrückte die Schachtel in seiner Hand und warf sie in den Abfalleimer.

Der Schnee lag wie ein achtlos hingeworfenes schmutziges Laken über beiden Teilen der Stadt. Seit Tagen schneite es. Der Mann im braunen Anzug kam aus der Unterführung und ging hinaus in das Schneetreiben. Er zog die Schultern hoch, streckte witternd den Kopf vor und ging zögernd weiter, als wisse er nicht genau, welchen Weg er einschlagen sollte. Der Feierabendverkehr war in vollem Gange. Er überquerte eine Kreuzung und ging die Bülowstraße entlang in Richtung Potsdamer Straße. Der Schweiß in seinem blassen Gesicht vermischte sich mit den Schneeflocken und rann ihm übers Gesicht. Er schaute in ein paar Lokale, bestellte aber nichts und sah sich nur rasch unter den Gästen um.

Die Huren in den Torbögen und vor den Eingängen der Stundenhotels musterten ihn kurz und ließen danach ihre Blicke gleichgültig weiterschweifen. Sie spürten, dass er kein Kunde war. Nur eines der beiden Mädchen, die rauchend und frierend unter dem Vordach eines schäbigen Bierlokals mit dem hochtrabenden Namen *Las Vegas Dancing*, der in grünen und roten Neonbuchstaben leuchtete, standen, redete ihn an. Sie trug hochhackige schwarze Lackstiefel, die bis dicht unter das Gesäß reichten, eine knallenge schwarze Latexhose und einen flauschigen lila Pullover mit langem Arm. Ihr junges, einfältiges Gesicht war grell geschminkt. Beide waren nicht einen Tag älter als vierzehn Jahre. Sie hatten unruhige, wieselflinke Augen, machten hektische, kurze Bewegungen und kratzten sich alle naselang irgendwo. Das Mädchen im lila Pullover schnipste ihre halbgerauchte Zigarette mit Daumen und Zeigefinger auf die Straße, zog ruckartig die Nase hoch und rieb sich mit beiden Händen die Ellenbogen.

»Na?« Ihre Stimme war ebenso jung wie ihr Gesicht und hatte den breiten, nasalen Tonfall des Berliner Dialekts mit einem angelernt anzüglichen Unterton. Sie brachte es fertig, dass sich dieses eine Wort obszön anhörte. Eine ältere Frau mit einem schwarzen Topfhut, unter dessen rundem, hochgewölbtem Rand graue Locken hervorschauten, blieb ein paar Schritte entfernt stehen und sah ihrem Hund zu, der in den Rinnstein pinkelte. Sie trug einen Wintermantel mit hellbraunem Pelzkragen und machte ein Gesicht, als wolle sie nicht hören und nicht sehen, was nicht in ihr Weltbild passte.

Auf der Potsdamer Straße fuhr ein Fernlaster mit einem Milchtank vorbei; er hatte einen Anhänger und ein Herforder Kennzeichen. Der Sightseeing-Bus auf Stadtrundfahrt hinter ihm war im Dröhnen der Motoren des Milchtanks kaum zu hören. Die Berlin-Touristen blickten wie vom Kinosessel aus durch die große, leicht getönte Scheibe nach draußen, als sei der Krieg, der dort herrschte, offen sichtbar. Einige machten Fotos.

Der Mann im braunen Anzug blickte die beiden Mädchen abwartend an.

»Du, Zeit ist Geld, Vater, klar?«, sagte die im lila Pullover. Der Mann im braunen Anzug langte in die Hosentasche, zog ein Foto heraus und mit ihm einen nagelneuen Zehnmarkschein. Sie steckte den Zehner in ihren Pulloverärmel. »'n Freund suchste? Weeßte wat, komm mit nach oben, da isset jemütlicher, und denn suchste weiter, okeh?«

Der Mann im braunen Anzug entgegnete: »Ich will bloß wissen, ob du den Mann kennst.«

Ein hässlicher, abweisender Ausdruck erschien in ihrem Gesicht. »Verpiss dich, sonst kommt mein Freund, der macht aus dir Hackepeter, du komischer Penner!«

»Det is doch 'n Bulle«, zischte die andere, »hau ab, Mensch!«

Er schüttelte den Kopf und ging weiter.

Die beiden fassten sich wie zwei kleine Mädchen an den Händen und stöckelten fröstelnd in das Lokal. Der Mann im braunen Anzug war im Schneegestöber verschwunden.

Sie waren wie ungleiche Zwillinge, Karl und sein Chef WKL. Wo der eine war, da war auch der andere. Karl ließ WKL praktisch nie allein; tagsüber begleitete er ihn, und nachts schlief er mit ihm unter einem Dach. Daran hatte er sich erst gewöhnen müssen, jemandes Schatten zu sein. Vor zwei Jahren, als er den Job bekommen hatte, war er darüber froh gewesen und hatte sofort zugesagt; damals, als er von heute auf morgen auf der Straße stand und ihn kaum noch jemand offen und freundlich grüßte. Seine ehemaligen Kollegen gingen ihm aus dem Weg, seine Frau ließ sich scheiden, und die Pension war auch über den Jordan. Mit einem Wort, er stand damals gar nicht gut da. Jetzt war er nicht unzufrieden, alles in allem; seinen neuen Job fand er erträglich, und das ewige Warten auf den Chef, das manch anderen vielleicht verrückt gemacht hätte, störte ihn nicht. Außerdem verdiente er jetzt sogar mehr als früher. Karl hatte eine Leidenschaft, die ihm das Warten verkürzte – Kreuzworträtsel. Er fühlte sich wie amputiert, wenn er nicht jeden Tag ein paar bis aufs letzte Kästchen ausgefüllt hatte. Gut, das war nicht seine einzige Leidenschaft, aber an die andere bemühte er sich möglichst nicht zu denken; die machte ihn immer ganz kribbelig, so als ob ihm Scharen von Ameisen über die Haut liefen, und er kratzte sich, aber da waren gar keine, und je mehr er sich kratzte, desto schlimmer und quälender wurde es. »Du und deine ewigen Kreuzworträtsel!« Seine Frau hatte das gehasst, wenn er abends still am Wohnzimmertisch saß, sein Bier trank, eine Zigarette nach der anderen rauchte und seine Kreuzworträtsel löste, während sie, auf dem Sofa ausgestreckt, in den Fernseher starrte. Sie sah ihn nicht mal an dabei, wenn sie mit ihm sprach, kaute Salzmandeln und redete meist mit vollem Mund. Er blickte auf den weißlichen, eingespeichelten Nussbrei in ihrem Mund, ekelte sich vor ihr und fragte sich, wie es zu dieser Ehe hatte kommen können. Er musste sich zusammenreißen, um sich nichts anmerken zu lassen. Wenn er es eben einrichten konnte, ging er lange nach ihr ins Bett; lange genug, um sicher zu sein, dass sie schon eingeschlafen war.

Dabei waren sie erst wenige Jahre verheiratet.

Altersversorgung mit fünf Buchstaben. Er kaute auf dem Kugelschreiber herum und ließ das Heft sinken. Lächerlich, aber er kam heute einfach nicht drauf.

Seinem Chef, WKL, waren die Kreuzworträtsel einerlei. Wenn er jedoch besonders guter Laune war, sagte er hin und wieder etwas wie: »Karl, zinnhaltiges Metall mit elf Buchstaben?« – »Kenn ich nicht, Chef.« Beim Aussteigen sagte WKL dann: »Karl?« Karl drehte sich auf dem Fahrersitz um. »Ja, Chef?« »Gibt es gar nicht, mit elf Buchstaben, es gibt nur eins mit fünf, aber das kennst du auch nicht.« Er verzog keine Miene dabei.

An den Grund für seinen Rausschmiss bei der Polizei dachte Karl nicht gern zurück und wenn, so wie jetzt, immer mit gemischten Gefühlen, einer Mischung aus Angst, schlechtem Gewissen und Begierde. Ihm war einfach die Sicherung durchgebrannt.

Er erinnerte sich nur zu gut. Hier, ganz in der Nähe des *Las Vegas Dancing*, war es passiert. Schleichend und immer eindringlicher setzte sich der Gedanke in seinem Kopf fest. Hier war es geschehen. Bloß zwei Straßen weiter. Natürlich wusste WKL davon, das war ja nicht zu verheimlichen gewesen. Aber er hatte ihn trotzdem angestellt. Karl war ihm sehr dankbar dafür.

Sie waren nachts auf Streife gefahren, Karl und sein Kollege Rademacher, der eine verheiratete Schwester in Australien hatte. Sie hielten vor der *Nachteule* an, und Rademacher zeigte ihm die neuen Fotos von den Kindern seiner Schwester, für die er die Patenschaft übernommen hatte. Ihre Schwiegereltern waren schon kurz nach dem Ersten Weltkrieg ausgewandert und besaßen dort ein paar Tankstellen. Sie hatte es gut getroffen, seine Schwester, und Rademacher hatte ein paarmal erwogen, selbst nach Australien auszuwandern. Bei seinem Schwager hätte er sofort anfangen können. Karl verstand sich gut mit Rademacher, einem rotblonden, untersetzten Mann, der immer gutgelaunt war und gerne einen über den Durst trank. Rademacher sagte: »Komm, ich muss unbedingt noch ein Bier zischen, hab noch 'nen Brand von gestern.« Das war zwar verboten, aber in dieser Nacht fuhr ja Karl.

Sie stiegen aus und schlugen die Türen ihres Dienstwagens zu.

Karl wusste alles noch so genau, als wäre es erst gestern gewesen. Er rieb sich heftig mit der flachen Hand die Stirn, als könne er damit die unselige Erinnerung verscheuchen und die Bilder anhalten, die seitdem schon unzählige Male in seinem Kopf abgelaufen waren.

Das Mädchen hatte in einem dunklen Torbogen gehockt, und man sah auf den ersten Blick, dass sie völlig hinüber war. Sie gingen hin zu ihr. Rademacher fasste sie unters Kinn und hob ihren Kopf hoch. Sie merkte wohl, dass irgendetwas mit ihr geschah, konnte aber kaum die Augen öffnen; ihre Augäpfel waren leicht verdreht, die Pupillen klein wie Stecknadelköpfe, die Lider sanken schwer herab, und ihr schöner, großzügiger Mund sah seltsam formlos aus. Das Kinn war mit Speichel verschmiert. Karl brachte es nicht fertig, seinen Blick von ihr zu wenden. Sie sah so friedlich und doch gequält aus, und er war abgestoßen und angezogen zugleich.

»Fixerin, volle Dröhnung, würde ich sagen«, stellte Rademacher fest.

»Nehmen wir sie mit?«

»Ach Scheiße«, sagte Rademacher ärgerlich, »ich will jetzt mein Bier, mach, was du willst.« Er grinste und gab Karl einen Rippenstoß: »Versuch's doch mal mit Mund zu Mund, vielleicht hilft das!« Damit ging er, und Karl blieb mit ihr allein.

Karl sah sich den Inhalt ihrer Handtasche an. Sie hatte einen Berliner Ausweis und hieß Sieglinde. Sie war jung; so jung wie alle die Mädchen, von denen er manchmal mit offenen Augen träumte. In ihrer Tasche fand er ein halbleeres Heroinbriefchen und ein ordentlich eingewickeltes Spritzbesteck. Karl griff ihr unter die Arme und stellte sie auf die Füße. Sie kam wieder einigermaßen zu sich, schlug die Augen auf und blickte ihn an. Ihre Augen waren dunkelblau mit hellgrauen Sprenkeln. Sie bot sich ihm an, wenn er sie dafür laufen ließe, und er ging darauf ein und schleppte sie nach hinten ins Dunkle.

Danach hatte er Angst und ein bohrendes schlechtes Gewissen. Nach wenigen Tagen, er hatte sich gerade wieder einigermaßen beruhigt, da geschah, wovor er sich fürchtete. Das Mädchen hatte eine Aussage gemacht, und Karl war als Täter ermittelt worden. Ein Sturm der Entrüstung brach in allen Berliner Gazetten los, und der Vater des Mädchens schwor Karl in einem Zeitungsinterview bittere Rache.

Seine Entlassung war nicht aufzuhalten. Karl musste die Uniform ausziehen und versteckte sich vor den Zeitungsleuten. Er wartete auf die Anklage. Nachts lag er stundenlang mit offenen Augen in der Dunkelheit und malte sich die kommende Gerichtsverhandlung in den düstersten Farben aus. Doch seltsamerweise – sie kam nicht. Aber in ihm blieb die Angst.

Karl hegte keine besonderen Gefühle für seinen Chef. Er tat, was ihm gesagt wurde, und redete nur, wenn er gefragt wurde. Er kannte WKL inzwischen gut genug, um ihn für unberechenbar zu halten. Vor allem hatte er schnell gemerkt, wann der Chef seine Touren kriegte, nämlich wenn er mittags schon anfing zu trinken. Erst war es Whisky, später wurde er wahllos. Dann schüttete er in sich hinein, was vor ihm auf dem Tisch stand. Es ging meist weiter bis zum bitteren Ende, und Karl musste dann das Kindermädchen spielen. Nicht jedes Besäufnis endete in einem Stundenhotel; das kam erst in letzter Zeit immer häufiger vor. Karl dachte nicht daran, seinen Chef deswegen schief anzusehen, allerdings hätte er einen besseren Geschmack von ihm erwartet. Er dachte an die teuren Mädchen auf dem Kurfürstendamm. Sie waren jung, schön und elegant, und vor allem merkte man ihnen nicht gleich ihren Beruf an. Sein Chef, WKL, aber fand sein Vergnügen mehr in einer billigen Absteige wie dieser hier.

Karl saß seit ungefähr einer halben Stunde auf einem unbequemen, wackligen Stuhl mit hoher Lehne und blankgesessenem Samtbezug neben der Tür im ersten Stock des *Las Vegas Dancing*. Er gähnte. Er dachte an die Frau, die sich WKL ausgesucht hatte. Sie war garantiert schon über dreißig und hatte ihm überhaupt nicht gefallen. Er klappte das Rätselheft zu und betrachtete das Mädchen auf dem Titelblatt. Es trug ein buntes Dirndlkleid, hatte dicke, weißblonde Zöpfe und saß in einem blühenden Garten auf der Schaukel, lächelte arglos in die Kamera und zeigte viel Busen. Sie wirkte nicht so mürrisch und angewidert wie die Frau, die WKL sich ausgesucht hatte, mit ihren Raffzähnen, ihrer Hakennase und der schwarzen Bubikopffrisur. Karl legte das Heft auf den Fußboden neben den Stuhl und streckte sich.

Von unten aus der Schänke drangen das Geplärre der Musikbox und der Lärm der Betrunkenen herauf, ein auf und nieder wabernder Brei aus unangenehmen Geräuschen. Irgendein Besoffener ließ immer wieder dasselbe Lied ablaufen, und eine aufdringliche Frauenstimme stöhnte und keuchte zu dumpf und stupide dröhnenden Basstönen. Karl hatte noch nie eine einzige Mark in eine Musikbox oder gar in einen Spielautomaten gesteckt; für so etwas hatte er grundsätzlich kein Geld. Ebenso war es vollkommen sinnlos, ihn um ein Markstück für den Zigarettenautomaten anzupumpen; er vertraute niemandem so, dass er ihm Geld geliehen hätte. Aus dem Zimmer war nichts zu hören, dazu war es unten im Parterre viel zu laut. Karl hörte auch gar nicht so genau hin. Der Flur lag im schummrigen Licht der schwachen Birnen, die unter verstaubten Glasschirmen in Augenhöhe an den Wänden hingen. Er seufzte vor sich hin, ging zum Fenster und blickte hinaus.

Auf dem Gehsteig gegenüber trieb ein eisiger Ostwind den Schnee schräg aus dem Dunkel ins Licht der Straßenlaterne. Die Straße war leer bis auf einen Mann, der langsam näher kam. Sein Gesicht war ein heller, undeutlicher Fleck im Schneegestöber. Er trug weder Hut noch Mantel, und Karl fröstelte beim bloßen Hinschauen. Der Anzug des Mannes, der nun da unten im Licht der Laterne stand, war braun, und unter seinem linken Arm trug er eine schlichte Aktentasche.

Unten in der Schänke krakeelten zwei Betrunkene gegen den Lärm der Musikbox an. Karl wandte sich um und blickte in den Flur. Aus dem Zimmer war immer noch nichts zu hören. Er war allein im Flur. Sein Rätselheft lag auf dem Boden. Er zündete sich eine Zigarette an und steckte das abgebrannte Streichholz umgekehrt in die Schachtel zurück. Ganz in der Nähe schlug eine Kirchturmuhr Viertel nach zwölf.

Der Mann im braunen Anzug betrat den Schankraum des *Las Vegas Dancing*. Ein paar Jugendliche in schwarzen, nietenbeschlagenen Lederjacken spielten am Kicker, und zwei Betrunkene standen sich auf unsicheren Beinen vor der Musikbox gegenüber und versuchten, Heino zu übertönen, der vollmundig das Lied von den blauen Bergen sang. Am Stammtisch rechts neben der Theke wärmten sich die Huren mit Glühwein und Sekt auf. Bei ihnen saß ein Mann um die dreißig in einem dunkelblauen rohseidenen Anzug. Er hatte hellblonde dünne Haare und eine deutlich sichtbare Narbe am Kinnwinkel. Er lehnte sich in seinem Stuhl zurück und feilte seinen linken Daumennagel. An seinen Händen blitzten zwei schwere Ringe mit Steinen, die genau der Farbe seines Anzugs und seiner Augen entsprachen. Die Nägel seiner kleinen Finger hatte er lang wachsen lassen. Dem Mann im braunen Anzug warf er einen flüchtigen Blick zu, dann widmete er sich wieder seinem Daumennagel.

Der Mann im braunen Anzug blinzelte in der verqualmten Luft und rieb sich die Augen. Die Huren am Stammtisch musterten ihn geschäftsmäßig, vergaßen ihn aber gleich wieder. Der dicke, glatzköpfige Kellner, der sich ebenso wie er mühsam zur Theke durchdrängelte, war froh, dass er nicht mit einer Bestellung belästigt wurde. Ein stiernackiger, untersetzter Kerl mit schwarzer Schirmmütze auf breitem Schädel führte mit weit ausholenden Gesten das große Wort. In seiner rechten Hand hielt er ein Feuerzeug, in seiner linken einen kalten Zigarrenstummel. Der Mann im braunen Anzug, der mehr geschoben wurde, als er ging, stieß ihn versehentlich an, und das Feuerzeug fiel zu Boden.

Der Stiernackige drehte sich betont langsam um, runzelte die Stirn und blickte ihn drohend an. Der Mann im braunen Anzug bückte sich, hob das Feuerzeug auf und sagte leise, fast unterwürfig: »Entschuldigen Sie bitte, es war nicht absichtlich.«

Der Stiernackige schob seine Schirmmütze hoch: »Kiek mir gefälligst an, wenn de mit mir redest, du Piepel!«

Der Mann im braunen Anzug blickte ihn kurz an und deutete einen Diener an. Der Stiernackige lachte dröhnend. »Hau ab, sonst rauch ick dir in der Pfeife.«

Die Musikbox spielte ein schmalziges Stück, und eine vollfette Männerstimme raunte immer wieder dieselben drei Wörter. Nach ein paar Umdrehungen ratschte die Nadel über die restlichen Rillen der Schallplatte, und ein neues Lied fing an; eine schrille Frauenstimme kreischte auf Englisch, dass sie heiß sei, sonst nichts. Die beiden Betrunkenen grölten immer noch das Lied von den blauen Bergen. Die Jugendlichen am Kicker sammelten Markstücke für ein neues Spiel.

Der Mann im braunen Anzug musste stehen bleiben, um zwei Frauen vom Stammtisch vorbeizulassen, die nach draußen zum Tippeln gingen. Ein älterer Mann mit einem Dackel an der Leine kam herein, und unter irgendeinem Tisch fing der Hund an zu knurren.

Der Mann im braunen Anzug bestellte ein kleines Bier an der Theke und verschwand in den Flur zu den Toiletten.

Zwei blutjunge Mädchen kamen ihm aus der Damentoilette entgegen und taten so, als wäre er für sie Luft. Er ging an ihnen vorbei in die Herrentoilette. Eine der beiden hatte ihn vor ein paar Stunden draußen auf der Straße angesprochen. Sie stießen sich an und gingen kichernd in den Schankraum. Der Mann im braunen Anzug trat nach kurzer Zeit aus der Herrentoilette und ging die Treppe zum ersten Stock hoch.

Karl stand immer noch am Fenster und blickte hinaus in den Schnee und die Kälte. Er war froh, dass er jetzt nicht da draußen herumlaufen musste. Hinter ihm tauchte der Mann im braunen Anzug im Flur auf. Karl zog an seiner Zigarette. Der Mann im braunen Anzug trat leise auf, obwohl seine Schritte im Lärm der Schänke ohnehin nicht zu hören gewesen wären. Er öffnete geräuschlos seine Aktentasche, nahm eine Drahtschlinge heraus, ließ die Aktentasche geräuschlos zu Boden gleiten und streifte die Schlinge Karl über den Kopf, bevor dieser auch nur einen einzigen Laut hätte von sich geben können. Die Zigarette rollte Karl aus den Fingern, fiel zu Boden und glühte auf dem zerschlissenen Teppichboden weiter. Sein Körper bäumte sich auf und verkrampfte sich, seine Augäpfel traten hervor, und seine Hände rissen vergeblich an der Schlinge um seinen Hals.

Karls Gesicht verzerrte sich. Beide Männer, Mörder

und Opfer, standen eng aneinandergedrängt, hoch aufgereckt und auf Zehenspitzen balancierend da. Von weitem mochte es aussehen wie eine angehaltene Tanzfigur aus einem ekstatischen Ballett, zwei, die den Tod tanzen.

Es war nicht das ganze Leben, was da in ungeheurem Tempo vor Karls innerem Auge ablief. Während ihm erst allmählich und dann immer rascher das Bewusstsein schwand und etwas großes Graues dunkler und größer wurde und immer schneller auf ihn zukam, bis es ihn endlich ganz verschlang – da empfand Karl fast ein Gefühl der Erleichterung. Ja, es war tatsächlich so etwas wie Erleichterung. In einem kurzen, glasklaren Augenblick wusste er alles. Das also war die Strafe, vor der er sich immer wieder gefürchtet hatte.

Der Mann im braunen Anzug fing den leblosen Körper auf und schleppte ihn auf den Stuhl neben der Tür. Dann nahm er seine Aktentasche an sich. Karls Zigarette glühte noch und hatte inzwischen ein kleines, schwarzes Loch in den Teppich gebrannt. Sein Mörder trat sie mit dem Absatz aus. Karls Kopf hing schlaff vornübergeneigt auf seiner Brust, die Jacke war vorn aufgegangen, und der Griff seiner Pistole sah trübselig aus dem Schulterhalfter hervor. Er saß da, als sei er gerade eingenickt.

Der Mann im braunen Anzug knöpfte Karls Jacke zu, ohne dabei den Pistolenknauf zu berühren. Neben dem Stuhl lag das Rätselheft mit dem lächelnden jungen Mädchen auf der Schaukel, und quer darüber ein billiger Kugelschreiber. Der Mann im braunen Anzug hielt sich ein Taschentuch vor den Mund und klopfte dreimal an die Tür. »Chef? He, Chef?«

Von drinnen antwortete unwirsch eine blecherne Frauenstimme: »Der kann jetzt nicht! Wer ist denn da?«

»Ich, Karl. Ich muss ihm dringend was sagen.«

»Hat der Mensch Töne! Jetzt nicht!«

»He, hallo! Es ist wichtig! Mach schnell die Tür auf!«

Nach einer Pause drehte sich der Schlüssel im Schloss. Die Frau machte die Tür einen Spaltbreit auf und streckte vorsichtig den Kopf heraus; vielleicht, weil sie etwas Böses ahnte, vielleicht auch, weil sie durch ihren Beruf misstrauisch geworden war. Der Mann im braunen Anzug schob seinen linken Fuß in den schmalen Spalt zwischen Rahmen und Tür und stieß sie mit einem einzigen Ruck weit auf. Die Tür prallte gegen den Körper der Frau und presste ihr gewaltsam die Luft aus den Lungen. Während sie zu Boden stürzte, riss sie den Mund auf, aber es kam kein Ton heraus.

Der Mann im braunen Anzug machte die Tür hinter sich zu, schloss ab und packte dann die Frau mit der linken Hand an der Kehle. Seine Augen suchten ihren Blick, und er hielt sich den Zeigefinger der freien Hand an die Lippen. Sie schnappte nach Luft und nickte gequält.

»Karl, bist du's?«, dröhnte WKLs Stimme aus dem Bad.

Der Mann im braunen Anzug antwortete nicht, nahm die Drahtschlinge und ging auf das Bad zu. Die Wasserspülung rauschte. Die Tür zum Badezimmer stand einen Spaltbreit offen. Er war nur noch wenige Schritte davon entfernt, da stürzte sich die Frau von hinten auf ihn und fing an zu schreien. Fast im selben Augenblick schlug die Badezimmertür krachend ins Schloss, und der Schlüssel wurde herumgedreht.

Die Frau, eine sehnige Dürre mit einem harten Gesicht und schmalem Mund, schrie, biss und kratzte, und ihre langen, glänzend schwarz lackierten Fingernägel rissen einen zigarettenlangen dünnen Hautstreifen aus dem

Gesicht des Mannes. Er stieß sie heftig von sich weg und warf sich mit voller Wucht gegen die Badezimmertür. Die Frau hockte auf dem Bett, und ihre Stimme nahm immer mehr den Ton einer seit Jahren verrosteten Sirene an. Auf dem weißlichen Lack der Tür erschienen die ersten feinen Risse. Der Mann im braunen Anzug nahm wieder einen Anlauf und warf sich zum zweiten Mal mit dem Gewicht seines ganzen Körpers gegen die Tür. Das Holz ächzte, die Risse im Lack wurden breiter, doch das Schloss hielt. Er rieb sich die Schulter und nahm zum dritten Mal Anlauf.

Plötzlich waren im Flur Schritte zu hören, dann wummerte jemand mit der Faust gegen die Tür. »Aufmachen! Sofort aufmachen!«

Die Frau schrie immer noch. Aus dem Bad kam ein schurrendes, schabendes Geräusch, das sich anhörte, als verrücke jemand ein schweres Möbelstück. Der Mann im braunen Anzug warf sich erneut gegen die Badezimmertür. Der Lack platzte der Länge nach auf, und das Holz splitterte.

»Aufmachen! Aufmachen!«

Der Mann im braunen Anzug ließ sich durch nichts beirren und versuchte, das Schloss aus der Badezimmertür zu treten. Die Frau, die wie versteinert dagesessen hatte, sprang auf, lief zur Tür und öffnete sie. Der Zuhälter stürmte in das Zimmer, blieb kurz stehen, nahm einen Schlagring aus einer Außentasche seines dunkelblauen Seidenanzugs und streifte ihn sich langsam über die Finger der rechten Hand. Der Mann im braunen Anzug warf ihm einen kurzen, abschätzenden Blick zu, dann wandte er sich rasch zum Fenster, öffnete es mit einem Griff, schwang sich auf das Fensterbrett und verschwand lautlos über das angrenzende Vordach im Schneetreiben und in der Nacht. Die Fensterflügel schlugen krachend gegen die Wand, und eisige Kälte strömte in das Zimmer. Der Zuhälter beugte sich aus dem Fenster, blickte hinaus in das Schneetreiben und murmelte einen Fluch. Dann schloss er das Fenster. Die Frau saß starr auf dem Bett und fing wieder an zu schreien. Aus dem Bad war kein Ton zu hören.

»Maul halten!«, sagte der Zuhälter.

Sie schrie weiter, als könne sie nie mehr damit aufhören. Der Zuhälter schlug ihr zweimal mit der flachen Hand ins Gesicht. Sofort war sie still.

»Wo ist dein Freier, ist der da drin?« Er deutete zum Bad.

Sie nickte. »Na also! Du gehst jetzt runter und hältst das Maul, sonst dreh ich dir den Hals um, kapiert?«

»Ja, ja.«

Der Zuhälter zerrte die Frau vom Bett hoch und schubste sie zur Tür. Sie ging wie in Trance an der im Flur sitzenden Leiche vorbei. Der Zuhälter packte den toten Karl und schleppte ihn auf das Bett. Dann sagte er: »He, Chef, Sie können rauskommen, der Kerl ist weg!«

»Wer sind Sie?«

»Kommen Sie raus, Chef!« Er schwitzte im Gesicht und im Nacken.

»Ich muss die Polizei rufen!«

»Nein! Auf keinen Fall!«, sagte WKL aus dem Bad.

»Chef, Ihr Mann ist tot!«

»Reißen Sie sich zusammen! Ich sag Ihnen jetzt, was Sie tun sollen! Aber erst einmal beruhigen Sie sich!«

Der Zuhälter starrte hilflos auf die ramponierte Badezimmertür. »Aber das ist glatter Mord!«

»Ich gebe Ihnen jetzt eine Telefonnummer, die rufen Sie an. Es wird dann jemand herkommen, dann sehen wir weiter. Sie unternehmen gar nichts. Sie warten, bis der Mann hier ist, verstanden!«

»Sie haben vielleicht Nerven!«

»Tun Sie, was ich Ihnen sage!«

»Ja doch«, entgegnete der Zuhälter widerwillig.

WKL nannte ihm die Telefonnummer. Der Zuhälter wiederholte sie und verließ rasch das Zimmer.

WKL blieb, wo er war.

Eine dicke Frau mit wirren blauen Haaren stand an der Theke am Telefon und erzählte irgendjemandem langatmig von ihren Verdauungsschwierigkeiten. Der Zuhälter machte eine ungeduldige Handbewegung. Sie nickte flüchtig, drehte ihm den Rücken zu und redete ungerührt weiter. Er brachte seinen Mund ganz nahe an ihr Ohr und sagte: »Auflegen, sonst schlag ich dir alle Knochen kaputt, Else!«

Sie drehte sich um, blickte ihn mürrisch an und antwortete in zurechtweisendem Ton: »Langsam! Bin gleich fertig, ja? Immer langsam, schöner Alfred!«

Er nahm ihr den Hörer weg und knallte ihn auf die Gabel. »Du hältst die Schnauze und parierst!«

Sie machte den Mund auf, um zu protestieren, aber als sie in seine Augen sah, sagte sie lieber nichts und ging trotzig zurück zum Stammtisch.

Jemand hatte den Stecker der Musikbox rausgezogen. Die zwei Betrunkenen standen schwankend davor und glotzten sich stumm und gerührt an. Die Jungs in den Lederjacken waren weg, und drei Fernfahrer kamen herein und schielten zu den Huren am Stammtisch rüber.

Der Zuhälter hob den Hörer ab und wählte; er benutzte dazu eine Zigarettenspitze aus Elfenbein mit einem goldenen Mundstück. Neben ihm beugte sich der dicke Kellner über die Theke und rief halblaut: »Wilma, drei Helle!«

Die Frau mit dem schwarzen Bubikopf und den Raffzähnen kam aus dem Flur, zog sich beim Gehen einen Mantel über und blickte den Zuhälter stumm um Erlaubnis fragend an. Der hielt mit der linken Hand die Sprechmuschel zu.

»Du gehst jetzt schön nach Hause und weißt von gar nichts, sonst schlag ich dich tot, ich schwör's dir!«

»Ich mach alles, was du sagst, schöner Alfred, das weißt du doch. Auf mich kannst du dich verlassen.«

Dr. Friedhelm Schupp betrat das *Las Vegas Dancing* und ging mit energischen Schritten durch den Schankraum. Er war ein großer, schwammiger Mann mit schwarzer Hornbrille und trug einen hellen Kamelhaarmantel. Sein Atem ging heftig, und in der linken Hand hielt er eine brennende Zigarette.

Der Zuhälter, der am Stammtisch gesessen hatte, sprang auf und lief ihm nach. Auf der Treppe zum ersten Stock holte er ihn ein.

»Wo ist er?«, sagte Dr. Schupp knapp.

»Da bin ich aber froh, dass Sie da sind! Kommen Sie, ich gehe mal vor.«

Oben im Flur des ersten Stocks sagte der schöne Alfred mit gedämpfter Stimme: »Der Mann ist tot, Mord! Ich hab ihn ins Zimmer geschafft, er saß da auf dem Stuhl neben der Tür.«

»Mord? Was reden Sie denn da!«

»Der wollte den Chef umbringen, da hat er vorher den Leibwächter umgelegt. Ich zeig Ihnen gern die Leiche«, sagte er mit einem Anflug von Sarkasmus. »Furchtbar, wie der aussieht, Mund auf, Zunge raus, furchtbar! Ich hab ihn nach drinnen aufs Bett geschafft.«

Neben dem Stuhl lag noch das Rätselheft mit dem Kugelschreiber. »Nehmen Sie doch das Zeug da weg«, sagte Dr. Schupp.

Sie betraten das Zimmer. Karls Leiche lag auf dem Bett. Dr. Schupp verzog das Gesicht.

»Böse Sache für Sie und Ihren Laden hier.«

»Was? Was? Für mich? Wie kommen Sie denn darauf? Der war doch hinter Ihrem Chef her, von mir wollte der doch nichts!«

»Fritz, bist du's?«, kam es aus dem Badezimmer.

»Ja, Chef, ich bin's, du kannst jetzt rauskommen.«

»Ich kann nicht, die verdammte Tür klemmt!«

Der Zuhälter tupfte sich den Schweiß vom Gesicht. Das Taschentuch war aus weißer Seide mit Spitzenrändern. »Also, das ist glatter Mord hier, ich rufe jetzt die Polizei.«

Dr. Schupp deutete auf die Badezimmertür. »Helfen Sie ihm erst mal da heraus, wenn ich bitten darf.«

Der Zuhälter zog die Tür mit einem energischen Ruck auf. Dann sagte er wieder: »Ich muss die Polizei rufen, das geht gar nicht anders!«

WKL kam aus dem Bad und nickte Dr. Schupp zu. Den Zuhälter beachtete er nicht.

»Gewiss, gewiss«, entgegnete Dr. Schupp. »Allerdings werden Sie das erst tun, wenn wir weg sind, verstanden?«

»Langsam, langsam!« Der Zuhälter fuhr sich nervös mit der Zunge über die Lippen. »Sie wollen mich hier mit der Leiche sitzenlassen? Kommt ja gar nicht in Frage. Ich sage doch, der war hinter euch her, nicht hinter mir, und außerdem gehört der Tote auch zu euch!«

»Das ist doch völlig unerheblich. Hören Sie gut zu! Der Mann war allein hier, hat sich amüsiert, verstanden?«

»Ja, dann hänge ich ja ganz alleine voll drin! Nee, so läuft das nicht! Sie machen sich hier nicht so einfach dünne!«

»Das ist weder unsere noch Ihre Sache, Mann! Es ist zufälligerweise hier passiert, das ist alles. Was soll die Polizei Ihnen denn schon anhaben? Sie waren doch zur Tatzeit unten, dafür haben Sie doch sicherlich genügend Zeugen, oder etwa nicht?«

Der Zuhälter nickte. »Doch, na klar!«

»Na also«, sagte Dr. Schupp.

»Lass uns endlich gehen«, drängte WKL. Er machte einen erschöpften Eindruck.

»So einfach kommen Sie mir hier nicht weg!«

Dr. Schupp seufzte.

»Frag ihn, wie viel er haben will«, sagte WKL leise. »Hören Sie gut zu, ich erklär's Ihnen noch mal. Erstens, der Tote war ein Kunde von Ihnen, zweitens wird die Polizei herausfinden, dass er bei uns angestellt war, und drittens werden wir das auch gar nicht bestreiten, und viertens haben Sie selbst ein Alibi. Wovor also haben Sie Angst?«

Der Zuhälter schwieg und drehte an einem seiner Ringe. Dr. Schupp griff in seine Brieftasche und hielt ihm einen Tausendmarkschein hin.

»Davon mache ich mindestens viere die Nacht«, sagte der Zuhälter verächtlich. Er hatte jetzt wieder Oberwasser.

»Nehmen Sie schon«, sagte Dr. Schupp, »bevor ich ihn wieder einstecke.«

Der schöne Alfred griff mit einer müden Gebärde nach dem Tausender und steckte ihn ein. Dr. Schupp blickte auf seine Uhr. »Jetzt ist es kurz nach eins. Um halb zwei rufen Sie die Polizei an und melden, dass Sie eine männliche Leiche gefunden haben – reden Sie auf gar keinen Fall von Mord, das können Sie nämlich gar nicht wissen, unschuldig und unwissend wie Sie sind, verstanden?«

Der Zuhälter nickte.

»Und merken Sie sich: Der Mann war allein hier!«

»Alles klar. Am besten gehen Sie durch den Hinterausgang, dann sieht Sie keiner.«

»Gehen wir doch endlich«, drängte WKL.

Unbemerkt verließen die beiden das *Las Vegas Dancing*. Es schneite wie seit Jahren nicht mehr.

WKL saß im Fond von Dr. Schupps schwarzem Buick Skylark, sein Gesicht war im Schatten. Dr. Schupp zündete sich mit zitternden Fingern eine filterlose Virginiazigarette an, die er einem Silberetui entnommen hatte.

»Piefke, bitte«, sagte WKL aus dem Dunkel des Fonds. Dr. Schupp zündete eine zweite Zigarette an und reichte sie dem Chef nach hinten. »Das war knapp.«

»Für mich, Fritz! Für mich! Der war doch nicht auf Karl aus, der wollte *mich* umbringen!«

»Hast du ihn gesehen?«

»Nein, das habe ich nicht! Ich war übrigens auch nicht besonders scharf drauf, wenn ich das bemerken darf«, schnappte WKL.

»Entschuldige, war ja nur eine Frage. So ganz ohne Feinde war ja selbst der gute Karl nicht, wie du weißt!«

»Komm, komm, erzähl mir nichts. Der wollte mich umbringen! Mit Karl hat das alles gar nichts zu tun, das weißt du ebenso gut wie ich! Im Grund hat mich dieser miese Zuhälter davor bewahrt und nicht du, Fritz!«

»Es gibt keinen Grund, so mit mir zu sprechen, WKL.«

WKL schwieg, und Dr. Schupp fügte hinzu: »Aus welcher Ecke das wohl kommt, was meinst du?«

WKL lachte kurz und heftig auf. »Da fragst du noch?«

»Bist du dir da sicher?«

WKL schnaufte verächtlich und schwieg.

»Hauptsache, dir ist nichts passiert«, sagte Dr. Schupp.

WKL schnüffelte, dann sagt er: »Kalter Zigarrenrauch, es stinkt nach kaltem Zigarrenrauch. Seit wann rauchst du denn Zigarren?«

Dr. Schupp hob die linke Hand mit der brennenden Zigarette hoch. »Das ist von der Zigarette.«

»Stinkt ganz billig, wie ostzonaler Knaster.«

»Das ist doch absurd, WKL.«

»Dann mach wenigstens mal das Fenster auf, aber nicht zu lange, wenn ich bitten darf.«

Dr. Schupp drückte auf einen Knopf, und das linke Seitenfenster schob sich lautlos hinunter.

»Kann uns dieser Zuhälter erpressen?«

Dr. Schupp zögerte mit einer Antwort. »Ich hoffe nicht!«

»Ich hoffe nicht! Das nenne ich eine klare Antwort!«

»Ich weiß es doch auch nicht, WKL.«

WKL antwortete nicht darauf. Er blickte aus dem Fenster hinaus in das dichte Schneetreiben. Nach einer langen Pause sagte er: »Wir brauchen einen neuen Mann für Karl. Ich möchte aber nicht, dass er von hier ist. Keine Lust, mir einen falschen Fuffziger einzukaufen.«

3
Rick Jankowski

Für Rick Jankowski begann die Geschichte an einem trüben, feuchten Tag Anfang Januar mit Temperaturen knapp über dem Gefrierpunkt. Er stand am Alsterufer, dachte über sein Leben nach und sah einem Schwarm Möwen zu, die flügelschlagend aus dem milchigen Nebel über dem Wasser auftauchten und kreischend zum Himmel aufstiegen.

Die Sonne war seit Tagen nicht mehr zu sehen gewesen, und der für Hamburg ungewöhnliche Schneefall war in einen faden Schneeregen übergegangen. In Ricks Nähe fütterte ein kleines Mädchen mit einer Pudelmütze die Schwäne aus einer braunen Tüte. Seine Eltern gingen ungeduldig und fröstelnd den Uferweg auf und ab, wo dick aufgeplusterte Tauben hin und her spazierten. Der Mann redete halblaut auf die Frau ein. Die Frau rieb sich die Hände und schwieg. Rick Jankowski hörte nicht hin. Die Luft roch nach Winter.

In Wirklichkeit hatte die Geschichte natürlich viel früher angefangen.

Er wusste, gleich damals nach seiner Flucht aus der DDR hätte er einen anderen Weg einschlagen sollen. Jetzt musste er mit seiner Vergangenheit und seinen Niederlagen leben, wie mit einer chronischen Krankheit, auf die man sich einzurichten hat. Er sehnte sich nach einem ruhigen, beständigen Leben.

Er trug einfache schwarze Halbschuhe, die nicht so billig waren, wie sie aussahen, eine hellgraue Flanellhose, ein weißes Hemd mit Krawatte, eine helle Tweedjacke und darüber einen hellgrauen Wintermantel.

»Entschuldigen Sie, kann ich bitte Ihren Ausweis sehen?«, sagte jemand halblaut hinter ihm. Rick Jankowski drehte sich um. Der Mann trug einen Trenchcoat aus Wildleder, einen braunen Hut und eine Hornbrille. Sein glattrasiertes Gesicht war gerötet von der Kälte, und er lächelte höflich. Er hielt Rick Jankowski seine Brieftasche vors Gesicht, klappte sie kurz auf und zu und steckte sie wieder ein.

»Meinen Ausweis? Wieso?«, fragte Rick Jankowski überrascht.

»Zeigen Sie mir bitte Ihren Ausweis. Dass ich berechtigt bin, Ihre Personalien festzustellen, haben Sie ja eben gesehen. Es hat schon alles seine Richtigkeit.«

Rick Jankowski gab dem Mann seinen Reisepass. »Trotzdem müssen Sie doch einen Grund haben. Oder halten Sie einfach wahllos Leute auf der Straße an?«

»Ich beobachte Sie schon eine ganze Weile, Herr Jankowski. Warten Sie denn auf jemanden?«

»Und wenn? Wen außer mir selber ginge das etwas an?«

»Da sind Sie im Irrtum, Herr Jankowski.« Er blätterte, räusperte sich, blätterte weiter. »Sie sind viel herumgekommen. Wie verdienen Sie eigentlich Ihr Geld, wovon leben Sie?«

»Ich glaube, das ist meine Sache.«

Der Mann nickte. »Hier haben Sie Ihren Pass zurück.«

Er lächelte flüchtig. »Man merkt, dass Sie lange nicht in Deutschland waren. Ich hoffe, Sie haben sich ordnungsgemäß angemeldet«, sagte er fast ironisch und tippte an seine Hutkrempe. Rick sah ihm nach. Der Mann entfernte sich mit schnellen Schritten und verschwand bald im Nebel, der über die Ufer kroch und höher stieg, bevor er im schwachen, weißen Licht der nur zu ahnenden Sonne am Himmel zerging.

Rick Jankowski schlenderte langsam den Uferweg entlang. Ein Ehepaar mit einem etwa zehn- und einem etwa siebenjährigen Jungen kam ihm entgegen. Der kleinere von beiden beschwerte sich bei seiner Mutter, dass sein Bruder zwei Handschuhe habe, er jedoch nur einen. »Steck die Hand doch einfach in die Tasche«, schlug die Mutter vor, und sein älterer Bruder rief aus: »Macht doch nichts, spielst du eben einen Einarmigen, machst alles mit einer Hand.«

Es war noch früher Nachmittag. Auf dem Weg durch die Stadt fielen Rick die Terroristensuchplakate an den Litfaßsäulen und Plakatwänden auf. Einige der Fotos waren durchgestrichen oder hatten ein Kreuz hinter dem Namen. Er dachte an den Mann im wildledernen Trenchcoat. Er fröstelte und dachte, Deutschland ist ein kaltes Land.

Rick Jankowski war ein mittelgroßer Mann mit einem kantigen Schädel, dunkelblonden kurzgeschnittenen Haaren und blauen Augen. Auf den ersten Blick war es seine Nase, durch die man einen falschen Eindruck von ihm bekommen konnte. Rick war als junger Mann kurz nach seiner Flucht in den Westen Kohlentrimmer auf einem Frachter gewesen. Als das Schiff auf hoher See war, geriet es in einen Sturm, der einem größeren, stabileren Schiff wahrscheinlich nicht allzu viel ausgemacht hätte, den alten Frachter jedoch beinahe zum Kentern brachte.

Rick verlor den Halt und stürzte der Länge nach mit dem Gesicht auf die Planken; so kam er zu einem bleibenden Andenken an seine Zeit als Seemann. Zum Glück war nur die Nase gebrochen; er hätte sich genauso gut alle Zähne einschlagen können oder weit Schlimmeres noch. Ein richtiger Arzt war nicht an Bord, nur ein holländischer Sanitäter; der Mann hatte wahrscheinlich im Pfadfinderalter einen Schnellkurs in Erster Hilfe gemacht. Er tätschelte Rick das Kinn und grinste: »Glückwunsch zu deinem Dickschädel, mein Junge. Den wirst du dir sicher noch woanders einrennen, diesmal hast du Glück gehabt.« Sein Atem roch nach Gin und Kautabak. Er stopfte Rick zwei Mullröllchen in die Nasenlöcher und gab ihm ein paar Aspirintabletten.

In der Nacht nahm Rick den Mull wieder raus, weil er keine Luft bekam, und versuchte, seine zusammengedrückte Nase mit dem kleinen Finger zu erweitern. Es tat höllisch weh und nützte wenig. Zwar verheilte die Nase, aber sie hatte ihr Aussehen doch erheblich verändert.

Erst vor kurzem, hier in Hamburg, war er endlich zu einem Facharzt gegangen. Der zeigte ihm ein paar Fotos. Einige davon waren wirklich erstaunlich. Auf dem Vorher-Foto blickten mürrische, geplagte Menschen in die Kamera, denen man ansah, dass sie ein Problem hatten, auch wenn es sich nicht mitten in ihrem Gesicht befunden hätte; auf dem Nachher-Foto lächelten dieselben Menschen – ohne Haken-, Himmelfahrts- oder Entenschnabelnasen – frohgemut mit ihren neuen maßgeschneiderten Nasen. Der Arzt sagte: »Ich kann Sie Ihnen wieder so machen, wie sie war.« Rick erbat sich Bedenkzeit. »Sie müssen sich unbedingt die Nasentropfen abgewöhnen, auf die Dauer ist das gar nicht gut für die Nieren.«

Abends beim Zähneputzen betrachtete er seine Nase von allen Seiten im Spiegel. Sie war krumm und schief, daran gab es nichts zu deuteln. Andererseits hatte er sich im Laufe der Jahre daran gewöhnt und konnte sie sich jetzt kaum noch anders vorstellen als so, wie sie jetzt eben war. Der Arzt hatte ihm einen Termin gegeben, aber Rick ging nicht wieder hin.

Er war jetzt Ende dreißig, ein auffallender, nicht unbedingt gutaussehender Mann, ein sturer, eigensinniger Kerl aus einer Gegend der Mark Brandenburg, wo es außer kleineren Ortschaften nur noch Nadelholz, Sand und Seen gibt. Trotz seiner Nase wirkte er solide, und rein äußerlich war ihm sonst keine Beschädigung anzusehen, er selber wusste jedoch ziemlich genau, was mit ihm los war. Wenn er über sich nachdachte, machte es ihn ganz verrückt, dass er so war, wie er war, es wusste und sich dennoch nicht ändern konnte. Wenn er niedergeschlagen war, und das kam in letzter Zeit immer öfter vor, auch bei Sonnenschein, dann hielt er sich für einen Versager.

Wie all die Jahre lebte er immer noch von einem Tag zum anderen und wusste nie so genau, was in ein paar Wochen sein würde oder in einem Jahr. Er hatte einfach keine Linie gefunden in seinem Leben. Es sah so aus, als habe er ein Abenteurerleben geführt, aber das sah nur so aus. In Wirklichkeit hatte er nur Rollen gespielt, die ihm jedoch immer nur für kurze Zeit gefielen. Erzogen worden war er dazu, nicht gegen den Strom zu schwimmen, einen anständigen Beruf zu lernen und unter keinen Umständen Schulden zu machen. Da seine Erziehung streng gewesen war, hatte sie seinen Trotz hervorgerufen und seine Neugier auf die Welt früh geweckt. Seine Eltern hatten ihm alles Mögliche verboten, auch Dinge, die für andere Jungen in seinem Alter ganz selbstverständlich waren; trotz allem hätten sie es gern gesehen, wenn er nicht zu den Jungen Pionieren und später zur FDJ gegangen wäre. In diesem Fall jedoch kamen ihm auch die herrschenden Verhältnisse zu Hilfe. Er konnte gar nicht anders – er wäre chancenlos gewesen, wenn er sich aus allem rausgehalten hätte, zumal er nicht mal ein Arbeiterkind war. Seine Eltern hatten ein Eisenwarengeschäft am Marktplatz besessen, als er noch Adolf-Hitler-Platz hieß; nach dem Krieg und der Enteignung – der Marktplatz hieß inzwischen Roter Platz – führten sie es für die HO weiter.

Richard August Jankowski, Ricks Vater, war eine stattliche Erscheinung mit grauem Haar. Er wirkte immer ruhig und ausgeglichen und hatte die Gabe, bei anderen Menschen Vertrauen zu erwecken.

Mit siebenundzwanzig Jahren eröffnete er seinen Eisenwarenladen. Vor seiner Tür stand ein brauner DKW-Junior mit zurückklappbarem Verdeck. Das Geschäft ging gut; bald hatte er den Kredit an die Bank zurückgezahlt und dachte ernsthaft ans Heiraten.

Die Auswahl war nicht besonders groß, doch er hielt es für klug, eine Einheimische zu heiraten. Er entschied sich für die Tochter eines alteingesessenen Bauern. Sie hieß Helene Hilgenfeld und war schon beinahe dreißig.

Ein Jahr später, als Rick geboren wurde, war seine Frau allein. Es war Krieg.

Rick Jankowski war ins Dritte Reich hineingeboren worden. In seinem Geburtsjahr war Krieg ein so gebräuchliches Wort wie heutzutage Heizöl, Rezession oder Rimini. Die Frauen waren nicht so dafür, aber für die Jungen war der Krieg eine tolle Sache; sie konnten es gar nicht erwarten, endlich groß zu werden, damit sie Soldaten werden konnten. Als dann schließlich doch alles ganz anders kam, gab es plötzlich jede Menge Leute, die das schon immer vorausgesehen hatten. Richard August Jankowski war mit einem Lungensteckschuss davongekommen.

Dem neuen System stand er mit gemischten Gefühlen gegenüber. Natürlich war er mit seiner Haltung nicht so allein, wie es aussah; im Unterschied zu anderen, die genauso empfanden und nicht darüber redeten, redete er darüber, denn er war der Ansicht, das sei nun sein gutes Recht. Dann gab es auch noch welche, die nur so taten, als ob, die verachtete er; und endlich noch die Hundertfünfzigprozentigen, die Stützen des neuen Regimes. Die gab es für ihn gar nicht. Aber gerade die hatten ein Auge auf ihn.

Der einige Zeit schwelende Konflikt brach offen aus, als Richard August Jankowski, dem die Frauen nachsahen, wenn er an ihnen vorüberging, sich standhaft weigerte, seinen Laden, den Ricks Mutter während des Krieges mit einer Verkäuferin weitergeführt hatte, enteignen zu lassen. Das grenzte an Aufruhr. Man sann auf Mittel und Wege und fand einen lächerlichen Anlass, um ihn für ein knappes Jahr ins Gelbe Elend, nach Bautzen, zu bringen. Sie kamen frühmorgens, vor Sonnenaufgang, ganz wie früher, er nannte sie Gestapo und machte damit alles nur noch schlimmer.

Helene Jankowski fühlte sich sehr allein in dieser Zeit. Verwandte und wenige gute Freunde sprachen ihr zwar heimlich Trost zu – aber was half ihr das. Sie ging das ganze Jahr über kaum aus dem Haus, aus Furcht, geschnitten zu werden, und wohl auch, weil sie fürchtete, selber den Mund nicht halten zu können. Wenigstens hatte sie ja den Jungen. Jedenfalls stand für sie sofort fest: Das würde durchgestanden werden. Ihren Mann beschwor sie, sich auf die Realitäten einzustellen. Man musste sich eben unterordnen, sonst eckte man an. Denken konnte er ja, was er wollte.

Richard August Jankowski verließ das Gefängnis als kranker Mann. Bald darauf, nach einem Herzinfarkt, wurde festgestellt, dass er während seiner Haft bereits einen Infarkt erlitten hatte, der unbemerkt geblieben war. Davon erholte er sich nicht mehr.

Seine Frau bemerkte die Veränderung an ihm zuerst und sagte zu ihrem Bruder, Richard ist auch nicht mehr der Alte, das war wohl doch zu viel für ihn. Ins Gefängnis zu kommen, das war für die anderen Leute eben eine Schande, bei allem Verständnis für ihren Mann. Wer fragte denn schon nach den Gründen. Und diese Schande betraf auch sie, seine Frau. Rick erzählte sie, der Vater sei längere Zeit verreist gewesen; der Junge war für die Wahrheit doch noch zu klein. Natürlich erfuhr Rick es trotzdem. Er schnappte es auf der Straße auf und war stolz auf seinen Vater. Nicht wenige Jungen beneideten ihn insgeheim um seinen Vater; hatte der nicht etwas gemacht, was viele dachten, sich aber sonst keiner traute?

Als Richard August Jankowski aus dem Gefängnis entlassen wurde und wieder zu seiner Familie kam, war ein schweigsamer, verbitterter Mann aus ihm geworden. Kaum drei Jahre später starb er.

Gegen Abend – es war frostig geworden – kehrte Rick in seine Wohnung in der Eimsbütteler Straße in Hamburg zurück. Er goss seine Pflanzen, nahm sich ein Bier aus dem Kühlschrank und stellte dann die Fernsehnachrichten ein.

Der Minister der Bundesrepublik Deutschland und der Beauftragte der Regierung der DDR unterzeichneten das neue Wirtschaftsabkommen, über das in den letzten Wochen viel geredet und geschrieben worden war, erhoben sich, tauschten die Urkunden aus und schüttelten einander die Hände. Danach gingen sie hinaus auf die Terrasse und stellten sich den Fotografen.

Beide Herren waren eingerahmt von den Vorarbeitern des eben unterzeichneten Vertrags. Der Minister war im dunklen Anzug erschienen, der Beauftragte der DDR trug einen hellgrauen Sommeranzug mit etwas zu kurzem Hosenbein. Der Minister lächelte und reichte seinem Vertragspartner die Hand. Der Beauftragte der Regierung der DDR ergriff sie und erwiderte das Lächeln für die Fotografen; als sich ihre Hände voneinander lösten, wurden seine Gesichtszüge wieder kühl und starr.

»Herr Minister, bitte noch einmal«, riefen einige Fotografen. Der Minister hielt die Mappe mit der Urkunde hoch und streckte dem Beauftragten der Regierung der DDR erneut seine Hand hin. In diesem Augenblick brach die Sonne durch und erhellte die Terrasse. Der Minister lächelte breit und deutete mit der linken Hand vielsagend nach oben. Einige Journalisten applaudierten. Der Vertreter der Regierung der DDR verzog das Gesicht zu einem etwas gequälten Lächeln und ließ die Hand des Ministers nach sekundenlangem Händedruck abrupt wieder los, als habe er soeben unter Zwang in eine Kloake gegriffen. Die Mitarbeiter der beiden wirkten gelöst, einige von ihnen blickten sich freundlich an. Nur die Leibwächter gaben sich ungerührt und ließen unablässig ihre Pupillen von rechts nach links und von links nach rechts wandern.

Die Fotografen machten ihre Bilder. Ein Mann in der Begleitung des Bonner Ministers, er stand im Hintergrund weiter oben auf der Treppe, strich sich mehrmals mit dem rechten Zeigefinger über die Nase. Er hatte graues, gelocktes Haar und trug eine Brille mit dunklen Gläsern, die nicht erkennen ließen, wohin er blickte.

Das Fernsehbild wurde grieselig und verschwommen. Rick Jankowski erhob sich von seiner Couch und stellte das Bild schärfer. Irgendwie kam ihm dieser Mann bekannt vor.

»Ich glaube, das genügt«, sagte der Minister und winkte den Fotografen zum Abschied zu. Auf dem Bildschirm erschien das dralle, glattrasierte Gesicht des Moderators. Er sperrte den Mund auf. Rick Jankowski machte den Fernseher aus.

Das Bild des Mannes mit dem gelockten grauen Haar und der dunklen Brille wollte ihm nicht aus dem Kopf. Die Art, wie er sich die Nase gerieben hatte, erinnerte ihn an jemanden, den er in seinem früheren Leben, in der DDR, gekannt hatte. Er hieß Eugen Müller-Pankow. Das war vor mehr als zwanzig Jahren gewesen.

1956. In der ersten Novemberwoche war es der Roten Armee trotz massierten Einsatzes starker Panzer- und Infanterieverbände noch immer nicht gelungen, ganz Ungarn in ihre Gewalt zu bekommen. Die Kämpfe tobten nach wie vor im Industrieviertel von Budapest und in mehreren Orten der Provinz. Ein Freiheitssender meldete sich noch. Das Land war durch einen eisernen Ring sowjetischer Panzer von der Außenwelt abgeschnitten. Die Vollversammlung der Vereinten Nationen forderte die Sowjetunion auf, unverzüglich ihre Truppen aus Ungarn abzuziehen.

Rick Jankowski, Lilli und Benjamin saßen mit dem Ohr am Radio und hörten eine Rede des Westberliner Regierenden Bürgermeisters, Otto Suhr, im RIAS. Suhr sagte, an die Bevölkerung der DDR gewandt: »Bändigt eure Unruhe!«, und: der Kampf um die politische Freiheit sei nicht nur eine Angelegenheit des politischen Elans. »Eine politische Aktion ist nicht an sich richtig oder falsch, sondern der Erfolg hängt von Ort und Zeit ab.« Er wies darauf hin, dass in der DDR mehr als zwanzig Divisionen der Roten Armee stationiert seien, ein Vielfaches der Sowjettruppen, die sich in Ungarn und Polen befanden. »Lasst euch daher nicht provozieren!« Die Bevölkerung der Sowjetzone solle den SED-Sekretär Ulbricht getrost weiterzittern lassen. Rick machte das Radio aus und blickte Lilli an. »Typisch imperialistische Propaganda! Warum sagst du das nicht? Weil's dir die Sprache verschlagen hat! Ich sag dir auch warum: Die russische Intervention in Ungarn ist eine Schweinerei und hat mit Sozialismus nicht das Geringste zu tun.«

Benjamin schwieg. »Ich gebe zu«, sagte Lilli, »ich weiß

nicht, was ich sagen soll. Wir haben eben zu wenig Informationen.«

Sie warf den Kopf zurück und fuhr sich mit gespreizten Fingern durch ihre langen und dichten braunen Haare. »Wir müssen gehen, sonst kommen wir zu spät.«

Rick griff nach ihrer Hand und hielt sie fest. »Treffen wir uns hinterher noch am Bootshaus?«

Lilli nickte. »Krieg ist immer furchtbar. Aber der Krieg gegen den Faschismus ist eben ein notwendiger Krieg. Kommst du dann auch zum Bootshaus, Benjamin?« Benjamin nickte. Er war zu Besuch aus Westdeutschland, weil sein Großvater krank geworden war, und ging nicht mit zu der Veranstaltung.

Vor dem Hauptredner hatte der Kandidat der Nationalen Front im Georgi-Dimitroff-Haus gesprochen. Sein Vortrag hatte die allgemeine Verwirrung und auch die Wut nur noch vergrößert. Man wusste, in den Ostberliner Ministerien und wichtigen Ämtern waren am Wochenende Alarmgruppen aufgestellt worden, SED-Mitglieder machten nachts Streifengänge, die Kampfgruppen in den Betrieben befanden sich in ständiger Alarmbereitschaft. An den Verkehrsknotenpunkten und Brücken waren die üblichen Doppelposten der Volkspolizei mehrfach verstärkt worden; an den Bahnlinien, Autobahnen und Landstraßen entlang patrouillierten bewaffnete Streifen der nationalen Volksarmee.

Der Redner wurde nach diesen militärischen Aktionen gefragt, und seine ausweichenden Antworten wurden stellenweise sogar mit Pfiffen quittiert. Er hatte Unruhe und Unwillen erregt, da er gleich am Anfang seiner Rede den Fehler gemacht hatte, zu behaupten, in der DDR gebe es gar keinen Anlass, die Regierung zu ändern, da die Verhältnisse anders seien und man von vornherein nicht versucht habe, das sowjetische System einfach zu übertragen.

Dann sprach Eugen Müller-Pankow, der Hauptredner. Er kam besonders bei jungen Leuten gut an. Seine saloppe, lockere Art stand in auffälligem Gegensatz zum steifen, feierlichen Gehabe der meisten Parteifunktionäre, und seine Fähigkeiten imponierten sogar seinen Gegnern, von denen es hieß, er habe nicht wenige; man hatte gehörigen Respekt vor ihm. Für manche wurde er gerade dadurch noch interessanter, anderen war er seit eh und je suspekt gewesen; es sollte da Weibergeschichten geben. Er war selber noch sehr jung, aber er hatte es bereits verstanden, um sich herum eine Aura des Besonderen, fast Geheimnisvollen zu schaffen.

Er benutzte nicht den üblichen sterilen Wortschatz der Funktionäre, sondern sprach eine ganz andere Sprache und argumentierte geschickt. Er bestritt gar nicht erst, dass viele Ungarn von der Erhebung des 23. Oktober mitgerissen worden seien, weil sie die schweren Verfehlungen der Ära Rákosi bekämpfen wollten. Sie hätten jedoch in der Hitze des Kampfes nicht gemerkt, dass ihre gerechte Empörung von Konterrevolutionären und Feinden des Sozialismus missbraucht worden sei. Die ehrlichen Ziele der Erhebung seien beschmutzt worden. Die Regierung Nagy habe nicht die Kraft besessen, mit der komplizierten Lage fertig zu werden; die jetzige Regierung Kádár wolle, dass die entsetzlichen und blutigen Tage durch ein schöneres Leben abgelöst würden.

Nachdem er seine Rede beendet hatte, sprang der Vorsitzende der deutsch-sowjetischen Gesellschaft erleichtert von seinem Stuhl auf, lief zu Müller-Pankow ans

Rednerpult und schüttelte ihm stumm und anhaltend beide Hände. Die jungen Zuhörer erhoben sich, und ihr schnelles, rhythmisches Klatschen zerriss die eben erst entstandene Stille.

Rick blickte Lilli von der Seite an. Ihre Augen leuchteten, und ihre Wangen glühten. Sie bemerkte seinen Blick nicht, sah vielmehr unentwegt auf Müller-Pankow. Schon vor seinem Eintreffen im Ort war über ihn gemunkelt und geflüstert worden. Müller-Pankow sei gar nicht sein richtiger Nachname, zwar stimme der Vorname, aber »Pankow« habe er nur hinzugefügt, um sich von gleichnamigen Genossen zu unterscheiden. Er heiße auch gar nicht Müller und sei in Wirklichkeit ein geborener Von und Zu aus dem ehemaligen Hochadel, der seinen Namen abgelegt habe, um als Namenloser dem Sozialismus zu dienen, ganz so, wie es Johannes R. Becher geschrieben hatte: »Wie mit Röntgenaugen sah ich / Die Fäulnis der Welt. / Ich legte ab meinen Namen. / Ich heiße: Genosse. / Ich trat unter die rote Fahne.«

Rick Jankowski lief allein durch den Wald zum Bootshaus am See. Die Nachtluft war kalt, der stärker aufkommende Wind von Osten rauschte in den Baumwipfeln und trieb die grauschwarzen Wolken immer schneller von Horizont zu Horizont. Zwischen seinen eigenen heftigen Atemzügen hörte er das Wasser am Ufer schwappen. Er lief, bis er beim Bootshaus BSG Empor angekommen war. Fröstelnd ging er auf den Planken des Anlegesteges hin und her. Der See war unruhig, der Wind wurde immer stärker. Er wartete auf Lilli, aber dann war es nur Benjamin, der kam. Atemlos setzte er sich neben Rick auf die Kante des Bootssteges und ließ die Beine über dem Wasser baumeln. »Lilli noch nicht da?«

»Siehst du doch.«

»Haste mal 'ne Casino?«

Rick gab ihm eine Zigarette aus einer Pappschachtel ohne Stanniolpapier und zündete sich selbst auch eine an. Nach einer Weile sagte Benjamin. »Sie wird schon noch kommen.«

»Wird sie nicht«, entgegnete Rick heftig. »Du hättest mal sehen sollen, wie sie ihn angeguckt hat, diesen Bonzen, der die Rede gehalten hat!« Benjamin, der ebenso verliebt war in Lilli wie Rick, sich aber Mühe gab, es sich nicht anmerken zu lassen, schaute grübelnd auf den See.

»Die ganze Zeit hat sie ihn angestarrt, als ob sie ihn hypnotisieren wollte.«

»Der ist doch längst weitergefahren.«

»Glaub ich nicht. Sag mal, wie lange bleibst du eigentlich noch?«

»Übermorgen fahr ich wieder.«

»Kommste nächstes Jahr wieder?«

»Bestimmt.«

»Wie geht's denn deinem Opa?«

»Heut war er angeln, und schimpfen tut er auch schon wieder.«

»Dann ist ja alles in Ordnung.«

Sie warteten noch lange in dieser Nacht, aber Lilli kam nicht. Benjamin sah sie gar nicht mehr vor seiner Rückreise in den Westen, und Rick traf sich erst einige Tage später mit ihr. Es war spätabends am Bootssteg. Rick war aufgebracht und verletzt und wollte sie zur Rede stellen. Lilli jedoch ging nicht darauf ein und umarmte ihn. Rick drückte sie mit beiden Armen fest an sich und schwieg.

Ihr Atem roch nach Pfefferminz und Heringshäppchen, die es zum Abendbrot gegeben hatte, und als sie sich küssten, schmeckten auch ihre Münder danach. Rick Jankowski konnte sich nicht vorstellen, jemals ohne sie zu sein.

Müller-Pankow kam zwar nicht wieder in ihren kleinen Ort in der Mark Brandenburg zurück, aber Rick hörte hinter seinem Rücken, dass Lilli ihn in der folgenden Zeit ein paarmal in Berlin getroffen haben sollte. Man erzählte sich, der Märchenbrunnen in Friedrichshain sei ihr Treffpunkt. Rick brachte es nie fertig, sie direkt darauf anzusprechen. Er hatte große Angst, sie zu verlieren.

In all den Jahren seit damals hatte er oft geträumt, er schwämme von der Unterseeinsel zurück zum anderen Ufer, wo Lilli auf ihn wartete, und auf halber Strecke verließen ihn die Kräfte. Lilli stand ganz klein am Ufer und winkte, und er ging unter und ertrank.

In den Spätnachrichten um zweiundzwanzig Uhr dreißig sah Rick Jankowski noch einmal genau hin. Jetzt war er ganz sicher. Der Mann, der da in der Delegation der Bundesrepublik in Bonn mit auf der Treppe stand, war jener Müller-Pankow von damals. Er war inzwischen reichlich füllig geworden, aber für Rick war er derselbe geblieben. Nach einem Kurzkommentar folgte ein Bericht aus einem PLO-Camp im Libanon. Rick holte sich einen grünen Apfel aus der Küche und setzte sich kauend wieder vor den Fernseher. Einer der Guerilleros, die im Halbkreis um den interviewten PLO-Führer herumstanden, blickte kauend in die Kamera. Auch er aß einen Apfel.

4
Bewerbung

Tagebuch Rick Jankowski (I)

Ich habe so das Gefühl, als sei das ein wichtiger Tag für mich gewesen. Zumindest scheint sich ja etwas zu tun. Ob zum Guten, das wird sich bald zeigen. Dabei war mir erst gar nicht so wohl gewesen, heute Morgen, als ich zu diesem vereinbarten Treffen ging. Warum? Nun, es gab da etwas im Text dieser Annonce, das mich irritierte. Sie lautete: »Fahrer mit Spezialkenntnissen gesucht. Sprachen erwünscht. Arbeitsbereich Berlin.« Mich irritierten die »Spezialkenntnisse«.

Ich klopfte mir den Schnee vom Mantel, strich mir über die nass gewordenen Haare und betrat den Empfangsraum der Pension *Deutsches Haus*. Auf dem Tresen stand eine Jugendstillampe mit grünem, ziseliertem Schirm und altersschwacher Birne, und auf dem Fußboden lag ein ausgetretener Teppich von der Sorte, wie er einem manchmal an der Haustür angeboten wird. Er war vor gut einem Menschenalter angeschafft worden und hatte ein verblasstes Blumenmuster. Leises Radiogedudel hing im Raum. Der Sender war nicht genau eingestellt, und das Rauschen war genauso laut wie die Musik. Weiter weg, im Flur, marschierte ein junger Italiener mit einem dicken blauen Pullover auf der bloßen Haut hinter einem mächtigen Staubsauger her. Das Geräusch, das er dabei machte, war so, dass sich jeder Pensionsgast als unerbetener Eindringling vorkommen musste.

Die Frau hinter dem Tresen war etwa Ende fünfzig und rauchte eine Zigarette in einer überlangen Spitze. Sie hatte ein rundes, aufgedunsenes Gesicht, eine strenge Knotenfrisur und trug eine bayerische Trachtenjacke aus grünem Lodenstoff. Sie hob den Blick von der vor ihr liegenden aufgeschlagenen Illustrierten und räusperte sich schnarrend.

»Ja, bitte?«

»Ich komme wegen der Annonce.«

Sie warf mir einen missgelaunten Blick zu, dann sagte sie: »Ah ja, erste Treppe links, Zimmer drei, Herr.« Ihre Stimme hörte sich so ähnlich an wie ihr Räuspern.

Ich nickte ihr zu, umkurvte den staubsaugenden Italiener, ging die Treppe hoch und klopfte am dritten Zimmer an.

»Herein, wenn's kein Schneider ist«, sagte eine volle, dröhnende Männerstimme von drinnen. Die Stimme passte zu dem großen, massigen Mann mit der schwarzen Hornbrille, der mit übereinandergeschlagenen Beinen in einem Sessel am Fenster saß. Er hatte die Vorhänge zugezogen.

»Jankowski ist mein Name, wir haben telefoniert.«

»Ah, Herr Jankowski, pünktlich auf die Minute, sehr schätzenswert. Bitte, nehmen Sie doch Platz.«

Seine Stimme hatte, wie mir schien, einen etwas übertriebenen jovialen Unterton. Ich setzte mich in einen wackligen Ledersessel und bemühte mich, einen selbstbewussten Eindruck zu machen.

»Sie werden verstehen, ich muss Ihnen ein paar Fragen

stellen. Wir kennen uns nicht, und ich will versuchen, mir ein Bild von Ihnen zu machen.« Zu seiner Rechten stand der Vorhang einen Spaltbreit offen, und das Licht stach mir ins Gesicht, während seines für mich schlecht zu erkennen war. Irgendwie kam mir dieses Arrangement nicht gerade zufällig vor, auch das sekundenlange Schweigen nicht, währenddessen er mich musterte, als ob ich mich beim Abzählen in der Turnstunde falsch aufgestellt hätte.

Dann prasselten seine Fragen auf mich nieder. Ich fühlte mich wie in einem Verhör.

»Geboren?«

»1940, in Neustadt/Dosse.«

»In der DDR also. Wann sind Sie denn rübergekommen?«

»Vor dem Mauerbau.«

»Haben Sie noch Kontakte nach drüben? Eltern, Verwandtschaft, Bekannte?«

»Ist das denn wichtig?«

»Wollen Sie den Job? Dann müssen Sie mir schon antworten.«

»Keine Verwandten, keine Kontakte, nichts.«

»Gehören oder gehörten Sie einer politischen Partei an?«

»Nein.«

»Herr Jankowski, Sie sind sich im Klaren darüber, dass ich Ihre Angaben leicht nachprüfen kann?«

»Sicher. Aber ich habe nichts zu verbergen.«

»Vorstrafen?«

»Keine.«

Er machte eine kurze Pause, betrachtete mich eingehend und sagte dann: »Warum wollten Sie damals eigentlich weg aus der DDR?«

»In dem Alter, in dem ich war, hat man viele Gründe.«

Der Mann lachte kurz. »Und dann, was haben Sie danach gemacht?«

»Nichts Besonderes. Alles Mögliche. Mal hier, mal da.«

»Sie weichen aus, Herr Jankowski. Haben Sie vielleicht doch etwas zu verbergen?«

»Ich wüsste nicht, was.«

»Nun gut.« Er ließ mich nicht aus den Augen. Auf seiner Stirn lag ein dünner Schweißfilm. Ich schätzte ihn auf Ende vierzig, aber vielleicht ließ ihn sein rundes, straffes Gesicht jünger erscheinen, als er in Wirklichkeit war. Er machte einen ziemlich cleveren Eindruck, und ich konnte sein Rasierwasser riechen. Für meinen Geschmack war es eine Spur zu herb. Er trug einen dunkelblauen Maßanzug, und die weiße Nelke in seinem Knopfloch kam mir ein bisschen albern vor. »Ich könnte mir vorstellen, Sie sind ganz schön herumgekommen in der Welt, Herr Jankowski.«

»Da haben Sie recht.«

»Haben Sie denn nirgends mal das Gefühl gehabt, hier gefällt's mir, hier will ich bleiben, hier baue ich mir jetzt was auf?«

»Doch, öfter. Aber immer nur am Anfang. Da ist eben alles noch neu, da weiß man noch nicht, wie es wirklich ist. Mit der Zeit kommt dann einiges zusammen, was einem nicht passt: das Klima, Lebensbedingungen, Arbeitsmöglichkeiten, Passprobleme ...«

»Ihre Papiere sind doch in Ordnung?«

»Ja, sicher.«

»Heimweh gehabt, was?«

»Schon möglich. Man will einfach mal wieder seine eigene Sprache sprechen.«

»Verstehe. Dann müssen Sie ja eigentlich in Sprachen ziemlich firm sein.«

»Englisch gut, andere nicht perfekt. Genug aber, um mich im Lande verständlich zu machen.«

Der Mann im Sessel wiegte zustimmend den Kopf.

»Das ist ein Pluspunkt. Es ist immer besser, wenn man sich selber helfen kann und nicht wegen jeder Kleinigkeit andere fragen muss. Ledig, nehme ich an?«

»Ja.«

»Mal verheiratet gewesen?«

»Nein.«

»Aber ... Sie bevorzugen doch Frauen, wenn ich mich mal so ausdrücken darf.«

»Ja.« Ich verzog keine Miene.

»Besser, man weiß so etwas, verstehen Sie? Ich frage Sie jetzt einfach weiter, Herr Jankowski. Sind Sie vielleicht ein Spieler?«

»Nein.«

»Haben Sie mal Rauschgift genommen?«

»Nein.«

»Irgendwelche Tropenkrankheiten, Geschlechtskrankheiten oder so etwas?«

»Nein.«

»Gut. Zigarette?«

»Danke, ich hab's mir abgewöhnt.«

»Und wie haben Sie das gemacht? Reduziert, Pillen, Akupunktur oder was?«

Ich zuckte die Schultern. »Einfach aufgehört.«

»Großartig!« Er lachte dröhnend und lehnte sich in seinem Sessel zurück.

Der Sonnenstrahl, der mich geblendet hatte, war inzwischen weitergewandert und verschwunden. Mein neugieriges Gegenüber hatte tiefliegende kleine Augen, die fast vollständig in straffen Fettpölsterchen versanken. Unvermittelt strahlte er Wohlwollen aus. »Gefällt mir, die Art, wie Sie antworten.« Er senkte vertrauenheischend die Stimme, als sage er einem Dritten etwas Schlechtes nach.

»Kreislaufgeschichten? Schwitzen? Schwindelanfälle? Irgendwie muss sich der Entzug doch auswirken, man hört da so allerlei.«

»Am Anfang ist es nicht sehr angenehm. Aber das wird bald besser. Der Körper, glaube ich, stellt sich schneller um als der Kopf.«

Der Mann im Sessel blickte mich an und schwieg eine Weile. Dann sagte er betont sachlich: »Nun sagen Sie mir doch mal ganz offen und ehrlich, warum Sie sich auf die Annonce gemeldet haben, ja?«

»Nun, es hieß dort, Fahrer mit Spezialkenntnissen gesucht. Fahren kann ich gut, und außerdem würde ich gern in Berlin leben. Aber ich weiß natürlich nicht, was Sie unter Spezialkenntnissen verstehen.«

»Verständlich, dass Sie danach fragen. Wissen Sie, wir suchen einen loyalen, absolut verschwiegenen Mann. Diskretion ist bei uns sehr wichtig. Aber ich habe doch langsam den Eindruck, dass Sie der richtige Mann sein könnten.«

»Damit ist meine Frage noch nicht beantwortet.«

Er lächelte süßsauer. »Sagen wir, halb. Können Sie mit einer Waffe umgehen?«

»Jetzt bin ich mir aber gar nicht mehr so sicher, ob das wirklich die richtige Stelle für mich ist.«

Der massige Mann im Sessel machte eine beschwichtigende Handbewegung, und der goldene Ring mit dem runden blauen Stein am kleinen Finger seiner linken Hand blitzte auf. Für einen Augenblick war es ganz still im Zimmer. »Bitte mich nicht falsch zu verstehen. Es geht lediglich darum, dass Sie bei diesem Job eine Waffe tragen sollten. Das ist durchaus nicht unüblich heutzutage für einen Fahrer, wissen Sie.«

»Wäre es nicht besser, Sie würden gleich einen Leibwächter engagieren?«

»Aber nein, dazu besteht gar kein Anlass, Herr Jankowski. Wir haben übrigens noch gar nicht über das Finanzielle gesprochen. Was haben Sie sich denn so vorgestellt?«

»Vorstellen kann ich mir viel. Was ist denn drin?«

»Hören Sie gut zu! Wir verlangen einen erstklassigen Mann, dafür zahlen wir auch ein erstklassiges Gehalt, nämlich viertausend. Brutto natürlich. Was ist, schlagen Sie ein?«

»Hört sich gut an«, sagte ich, dachte mir aber, vielleicht ist doch etwas faul dran, wenn sie so viel zu zahlen bereit sind.

»Geben Sie mir zwei Tage Bedenkzeit?«

»Einen Tag«, sagte der Mann im Sessel, stand auf und streckte mir seine Hand hin. »Mein Name ist Schupp, Dr. Friedhelm Schupp. Was man tun will, soll man gleich tun, aber ich sehe ein, Sie haben sicher noch einiges zu überdenken und ein paar Angelegenheiten zu regeln. Rufen Sie mich dann hier im Hotel an! Sonst noch Fragen?«

»Nein.«

»Umso besser! Wenn Sie sich entschlossen haben, kommen Sie also gleich morgen zu uns nach Berlin. Ein Flugticket werden Sie am Pan-Am-Schalter hinterlegt finden, ebenfalls einen Briefumschlag mit der Berliner Adresse, bei der Sie sich dann melden. Auf Wiedersehen, Herr Jankowski!«

Ja, so war es abgelaufen, das Gespräch mit diesem Dr. Schupp. Ich machte die Tür hinter mir zu, ging langsam die Treppen hinunter, an der Empfangsdame vorbei, und stolperte hinaus ins Freie. Die Sonne war inzwischen verschwunden. Es schneite wieder.

5
Aufbruch

Rick Jankowski hockte vor einer Wäschetrommel und sah seinen Hemden beim Schleudern zu. Die Luft war abgestanden und stickig von den Ausdünstungen heißer Wäsche, scharfen Waschmitteln und Weichspülern, und von irgendwo kam frische Luft herein. Rick wischte sich mit einem Taschentuch über das Gesicht und blickte sich um.

Die meisten, die hierherkamen, waren Frauen und Studenten. Er war schon oft hier gewesen, der Waschsalon befand sich ganz in der Nähe seiner Wohnung. Mit der Zeit wurde er von den anderen Stammkunden gegrüßt; er grüßte zurück und bemühte sich, freundlich zu sein. Eine junge Frau in einem Overall aus dickem braunen Cordsamt stopfte ihre Wäsche in die Trommel neben seiner, klappte das runde Fenster zu und drückte auf den Startknopf der Maschine. Sie setzte sich hin, zerrte ein Buch aus einer Tasche ihres Overalls und blätterte hastig darin. Es hatte den Titel *Das Drama des begabten Kindes*. Gelegentlich seufzte sie leise.

Rick Jankowski hatte sie schon öfter gesehen; sie war ihm aufgefallen, weil sie ihm gefiel. Er nickte ihr kurz zu, dann starrte er wieder auf seine wirbelnde Wäsche. Die Frau warf ihm hin und wieder verstohlene Seitenblicke zu.

Sie war vielleicht Anfang dreißig, ein bisschen rundlich und hatte einen dunkelblonden Wuschelkopf, ein lebendiges Gesicht mit ausgeprägten Lachfalten um Augen und Mund und lustige dunkle Augen, die sie funkeln lassen konnte, wann sie wollte.

Ihre Art war vielleicht eine Spur zu burschikos, um wirklich ungezwungen zu sein, und ihre schmalen Hände mit den rotlackierten Fingernägeln waren pausenlos in Bewegung. Sie klappte ihr Buch zu, fummelte eine zerknautschte Zigarettenschachtel aus ihrem Overall, spielte damit herum und steckte sie schließlich wieder ein. »Finden Sie nicht auch, dass das neue Persil viel weißer wäscht als alle anderen Waschmittel?« Obwohl sie nicht besonders leise redete, klang ihre Stimme ein wenig verschwommen und passte nicht zu ihrem klaren Gesicht.

»Wie bitte?« Rick sah sie verblüfft von der Seite an. Sie winkte ab. »Vergessen Sie's. Eigentlich wollte ich was ganz anderes sagen, ich meine, ich weiß gar nicht mehr, was ich sagen wollte.« Sie lachte. Rick zog die Schultern hoch und lachte gegen seinen Willen mit.

»Ich hab Sie schon öfter hier gesehen«, sagte sie, »erinnern Sie sich? Auch immer allein. Ein Mann, der für sich selbst sorgt, das finde ich sehr gut, mal eine Ausnahme. Sie leben auch allein, was?«

»Ja.« – Sie rieb sich die Nase. »Ich meine, was ich sagen wollte, hier kann man natürlich auch nicht reden, aber reden, das tut eigentlich keiner mit dem anderen, und wenn, dann denkt man immer gleich, was will der von mir. Hab ich nicht recht?«

Rick blickte sie unschlüssig an. »Ja, ich glaube schon.«

»Sehen Sie. So ist das.« Sie zupfte wie abwesend an

ihren Haaren und fuhr fort: »Geht Ihnen das nicht auf die Nerven, Wäschewaschen, Kochen?«

»Manchmal schon.«

»Mir auch«, sagte sie nachdrücklich, »aber was soll man machen.«

Rick stand auf und nahm seine Wäsche aus der Trommel. Ihr Blick wanderte an ihm hoch. »Gehen Sie vielleicht gern ins Kino?« Sie schaute Rick direkt an und fügte hinzu: »Ich schätze, ich bin ein bisschen zu viel allein gewesen in letzter Zeit, auf die Dauer macht sich das eben doch bemerkbar. Außerdem – was ist eigentlich dabei, wenn wir zum Beispiel mal zusammen essen gehen und uns dabei nett unterhalten, erwachsen genug dazu sollten wir doch eigentlich sein.«

Bei den letzten Worten war sie rot geworden und wich seinem Blick aus.

Rick Jankowski packte seine Wäsche zusammen. Eigentlich mochte er sie. »Sie haben ganz recht, das hätten wir durchaus machen können.«

Sie blickte ihn fragend an.

»Ich gehe morgen weg von hier, und ich komme auch nicht wieder.«

Rick Jankowski füllte die grüne Plastikgießkanne mit Wasser und goss zum letzten Mal seine Pflanzen. Seine wenigen Möbel und den Fernseher hatte er im Haus verschenkt, den Kühlschrank verkauft und sein Telefon schriftlich abgemeldet. Die Wohnung war praktisch leer. Als er eingezogen war, hatte er gedacht, sich eine Katze anzuschaffen, fand dann aber seine Wohnung doch zu klein für ein Tier.

Nach einer Weile klopfte es an der Tür, und Yannis, ein

Grieche, der auf demselben Stockwerk wohnte, kam herein. Er war ein stämmiger, kräftiger Mann um die vierzig mit einem gewaltigen schwarzen Schnurrbart und arbeitete als Koch in einem griechischen Lokal in der Nähe der Reeperbahn. Er hatte sich bereit erklärt, die Pflanzen zu übernehmen. Sie begrüßten sich, und Rick Jankowski sagte: »Ich hab dir einen Zettel geschrieben, da stehen die Namen drauf und auch, wie man sie behandelt. Du musst dich aber wirklich um sie kümmern, hörst du?«

»Sonst hätte ich sie nicht genommen.« Yannis deutete auf eine hochgeschossene Pflanze mit vielen Seitentrieben und großen Blättern wie an einem Baum. »Was ist das?«

»Die heißt Benjamin. Hab sie ganz klein gekriegt, und sie ist sehr gut gekommen. Pflanzen sind etwas Lebendiges, sie brauchen mehr als bloß Wasser. Die Hindus sagen, Pflanzen haben eine Gemeinschaftsseele. Man muss ihnen manchmal auch gut zureden, das hilft ihnen beim Wachsen.«

»Ich hab Pflanzen gern«, sagte Yannis, »bei uns zu Hause, da steht das ganze Haus voll davon! Du solltest uns mal besuchen im Sommer.«

»Nächstes Jahr vielleicht.«

»Und wenn du wieder mal nach Hamburg kommst, dann kommst du bei mir vorbei, und ich koche für dich.«

»Mach ich«, sagte Rick Jankowski, »mach ich ganz bestimmt.«

»Versprichst du es?«

»Ich verspreche es. Ich muss doch nachsehen, ob du auch alles richtig machst mit den Pflanzen.«

Sie trugen die Pflanzen in Yannis' Wohnung und tranken noch einen Ouzo zusammen. Yannis betrachtete

Rick Jankowski, der ihm am Küchentisch gegenübersaß, mit einem langen Blick und sagte: »Was wirst du tun in Berlin? Aber wie ich dich kenne, willst du wieder nicht darüber reden.«

»Du hast ganz recht. Eigentlich nicht.«

»Siehst du, ich kenne dich, Herr Jankowski!« Er trank einen Schluck. »Weißt du was? Ich habe eine neue Freundin! Lach nicht! Diesmal ist es bestimmt für länger, sie ist Griechin, kommt aus Athen und heißt Helena. Sie ist Schauspielerin, und Bildhauerin ist sie auch. Ich habe Sachen von ihr gesehen, erstklassig!«

»Warum ist sie nicht hier, bei dir?«

»Sie will nicht bei mir wohnen. Sie sagt, das führt in die Abhängigkeit, und davon hätte sie genug. Sie ist in meinem Alter, weißt du.« Er lachte. »Sie will mein Brot nicht essen, kannst du dir das vorstellen?« Er stellte das Glas auf den Tisch, fuhr sich mit dem Handrücken über den Mund und fügte hinzu. »Sie lebt schon seit zwei Jahren in Hamburg. Ich habe sie gerade erst kennengelernt.« Er stand auf. »Jetzt muss ich zur Arbeit, Rick.«

Rick stand ebenfalls auf und streckte ihm die Hand hin. Yannis schob Ricks Hand beiseite, zog ihn an sich, klopfte ihm mit beiden Händen auf den Rücken und küsste ihn geräuschvoll auf beide Wangen. Dann entließ er ihn aus seiner Umarmung, hielt ihn auf Armeslänge von sich, blickte ihm direkt in die Augen und schüttelte ein wenig traurig den Kopf: »Ich hab dich gern, Rick Jankowski! Diese Deutschen! Immer verstecken sie ihr Herz!«

Während seiner letzten Nacht in der Hamburger Wohnung schlief Rick Jankowski auf der Matratze unter einer Wolldecke. Er lag lange wach und grübelte über Vergangenes und immer wieder über seine Zukunft nach. Gegen Morgen schließlich fiel er in einen unruhigen Schlaf.

Er träumte von der Nacht vor seiner Flucht. Er hatte sich mit Lilli am Bootshaus verabredet und sich verspätet. Er lief und lief, seine Füße trommelten auf den Boden des Weges, der am See entlangführte, aber er kam einfach nicht von der Stelle. Das Bild verschwamm, und er war am Bootshaus. Es war eine sternklare Nacht mit ein paar Wolken. Der Mond tauchte hinter einer Wolke auf und warf seinen matten Glanz auf das Wasser. Lilli stand auf dem Landungssteg mit locker herabhängenden Armen. Der leichte Wind zauste in ihren langen braunen Haaren, und das Mondlicht erhellte ihr Gesicht und machte die Konturen weich.

»Wie schön es hier ist«, sagte Lilli, »und du willst hier weg.«

Rick nahm ihre Hand und sagte: »Ich bin so weit. Es ist alles vorbereitet. Morgen Nacht gehen wir.« Lilli nahm ihre Hand aus seiner und schwieg. »Du musst dich jetzt entscheiden, Lilli.«

»Ich kann doch nicht einfach so abhauen«, sagte Lilli leise. Sie hatten schon oft darüber gesprochen, und manchmal hatte sich Lilli von Ricks Begeisterung mitreißen lassen und seinem Plan zugestimmt.

Rick sagte: »Wenn du dein eigenes Leben leben willst, dann musst du dich auch selbst entscheiden.« Er fand selber, dass sich das anhörte, als habe er es irgendwo gelesen.

Langsam gingen sie den Weg zurück. Das Bild wurde undeutlicher, dunkler und verging. Das Rauschen des

Windes in den Blättern ließ nach, und das Geräusch der Wellen, die ans Ufer rollten, wurde immer schwächer, bis es nicht mehr zu hören war. Lillis Gesicht verschwamm zu einem konturlosen hellen Fleck, der bald von der Dunkelheit verschluckt wurde, und ein schmerzhaftes, bohrendes Gefühl breitete sich in seiner Brust aus. Rick Jankowski erwachte und setzte sich auf. Sein Herz klopfte. In der darauffolgenden Nacht hatte er vergeblich auf Lilli gewartet und war allein in den Westen geflohen.

Die Stille in seinem Zimmer war beklemmend, und er spürte, wie so oft, diesen Schmerz in der Brust, als habe Lilli ihn gerade eben erst verlassen und nicht schon vor vielen Jahren. Draußen war es noch dunkel, und der frisch gefallene Schnee lastete mit schwerem Gewicht auf den Dächern.

6
Der erste Tag

Am nächsten Morgen nahm Rick Jankowski seinen Koffer und den Seesack und fuhr mit einem Taxi zum Flughafen. Der Schneefall hatte nachgelassen, aber es war immer noch unangenehm kalt. Unterwegs fragte er sich, ob tatsächlich ein Ticket für ihn hinterlegt worden war und wenn, was ihn in Berlin wohl erwartete. Auf jeden Fall war es gut, einen neuen Anfang zu machen.

Der Fahrer des Taxis trug eine schwarze Lederjacke, die wie ein Sakko geschnitten war, und an seinem rechten Ohrläppchen baumelte ein kleiner goldener Ring.

Links neben ihm im Flugzeug, am Fenster, saß eine alte Dame mit einer großen Hornbrille auf ihrer kleinen Nase; die Gläser reichten ihr bis über die Augenbrauen hoch in die Stirn, wenn sie sie von der Nasenspitze, auf die sie immer wieder rutschte, hochschob. Ihr Gesicht war in einem beschwichtigenden, selbstvergessenen Lächeln erstarrt, als wolle sie sagen, auf mich braucht man keine Rücksicht zu nehmen, ich bin eigentlich schon gar nicht mehr da. Sie strickte an einem roten Fingerhandschuh. Alle paar Minuten räusperte sie sich mit der Hand vor dem Mund so leise, dass man es kaum hören konnte. Sie war sicher vor der Reise beim Friseur gewesen, und ihre krausen grauen Haare steckten unter einem hellblauen Hut.

Zu seiner Rechten saß ein Mann von höchstens Mitte dreißig. Er trug einen dunklen Einreiher mit Weste, weißem Hemd und Krawatte, hatte kurzgeschnittene Haare und müde braune Augen. Auf seinen Knien lag ein aufgeklappter brauner Aktenkoffer mit Zahlenschlössern. Er blätterte in Papieren und rechnete irgendetwas mit einem Taschencomputer nach. Bei jedem Zwischenergebnis wurde sein Gesicht länger. Rick Jankowski machte den vergeblichen Versuch, die Beine auszustrecken. Das Hüsteln der alten Dame verlor sich im Motorengeräusch und im Auf und Ab wabernden Stimmengewirrs. Rick schloss die Augen und erinnerte sich an den Traum mit Lilli von gestern Nacht. Er hatte oft an sie gedacht in der letzten Zeit.

Für ein paar Minuten musste er wohl eingenickt sein. Als er wieder erwachte, legte die alte Dame gerade das Strickzeug weg, bestellte sich einen Cognac und zündete sich eine überlange Mentholzigarette an. Rick Jankowski stieg der Rauch in die Nase. Sie lächelte ihm zu und bot ihm eine Zigarette an. Er lehnte höflich ab.

Der Mann zu seiner Rechten las ein unerfreuliches Ergebnis von seinem Computer ab, schloss erschöpft die Augen und sagte leise: »Mein Gott.« Rick Jankowski döste wieder ein und fiel in einen unruhigen, flachen Schlaf mit wirren, flüchtigen Bildern von Lilli, vom Wald und vom See, die sich mit dem Dröhnen der Flugzeugmotoren mischten. Kurz vor der Landung schreckte er auf und hatte plötzlich kein Zeitgefühl mehr. Die alte Dame strickte wieder an ihrem Handschuh, und der

Mann mit dem braunen Aktenkoffer gähnte. Das Flugzeug befand sich noch über den Wolken, und über ihnen war nichts als knallblauer Himmel. Eine weibliche Lautsprecherstimme kündigte die Landung an. Sie sprach hastig und geziert, und genau genommen konnte man kein einziges Wort verstehen.

»Landung in Metropolis«, sagte die alte Dame unvermittelt zu Rick. »Kennen Sie den Flughafen Tegel schon?«

»Nein, noch nicht.«

»Sie werden sich wundern. Mir hat Tempelhof früher besser gefallen. Tegel ist so großkotzig. Ich fliege jeden Monat einmal, meine Tochter war hier verheiratet. Jetzt ist sie geschieden, aber sie lebt immer noch hier.«

Die Maschine landete. Rick Jankowski wartete auf sein Gepäck und ging dann durch die Barriere und eine Traube von Wartenden. Ein dicker Mann, der unter den Wartenden stand, winkte jemandem, der hinter Rick kam, zu, streckte die Hand in die Luft, machte mit Daumen und Zeigefinger die Bewegung des Geldzählens und rief: »Kiek ma, fühl ma, wie Seide, wa?«

Rick Jankowski verließ rasch das Flughafengebäude und suchte sich ein Taxi.

»Zum Südstern bitte. Kennen Sie den Weg?«

Der Fahrer, ein knochiger Mann über sechzig mit Schirmmütze, grauer Wolljacke, Hosenträgern und heller Hose mit verstellbarem Bund, brummte etwas Unverständliches.

»Soll ich Ihnen den Weg erklären?«

»Ick weeß ja nich, wie jut Sie Berlin kennen, mein Herr, aba ick fahr die Strecke mehrmals täglich und det, seit se hier in Tejel landen.« Er setzte seine Brille auf und startete den Wagen.

Rick Jankowski lehnte sich zurück und blickte aus dem Fenster, aber er konnte nicht viel sehen. Es schneite in dichten, großen Flocken.

Rick Jankowski stieg bei der Kirche aus dem Taxi und ging den Rest des Weges zu Fuß. An der Außenwand des U-Bahnhofs stand mit roter Farbe angesprüht FREIHEIT FÜR KROATIEN. Er kam an einem Bestattungsinstitut vorbei, in dessen Schaufenster schwarz eingerahmt die Aufforderung hing, möglichst noch zu Lebzeiten vorsorglich an die eigene Leiche zu denken.

Die Gehwege waren freigeräumt und mit einem roten grobkörnigen Salz abgetaut, das nicht nur den Schnee wegfraß. Ein dicklicher Junge mit Knieschonern über den langen Hosen balancierte ihm auf einem Brett mit Rädern entgegen. Rick wich ihm gerade noch rechtzeitig aus. Der Junge stimmte ein gellendes Indianergeheul an und rollte weiter. Zwei alte Frauen mit Einkaufstaschen fingen laut an zu schimpfen.

Das Haus in der Hasenheide, das Rick suchte, stammte aus der Gründerzeit, sah von außen nach nichts Besonderem aus und stand grau und eingeklemmt zwischen den anderen Häusern. Die Fenster vom ersten Stock an aufwärts befanden sich zurückversetzt zwischen Mauervorsprüngen, waren von der Straße her nicht einzusehen und hatten keine Balkons wie die anderen Häuser in der Umgebung. Ein paar kleinere Geschäfte und Kneipen befanden sich in derselben Straße, und direkt nebenan im Erdgeschoss war ein Supermarkt. Auf die große, weißblinde Scheibe war ein von Kopf bis zu den Füßen in Einzelteile zerlegtes Schwein gemalt, und irgendein Witzbold hatte ihm um den Kopf herum mit einer Sprühdose einen hellgelben Heiligenschein mit kleinen Glitzersternchen verpasst.

Ein schmaler Weg führte vom Gehsteig zum Hauseingang. Die große Tür war aus dunkelbraun gebeiztem Holz mit ornamentalen Schnitzereien, und die altmodische Messingklinke hatte die Form einer Löwenpranke. Rick Jankowski drückte sie herunter. Es war abgeschlossen.

Neben der Klingel befand sich ein kleines quadratisches Messingschild mit der Aufschrift »Interexport«. Kein Name, nichts sonst. Unter dem Schild, das in die Wand eingelassen war, befanden sich Lautsprecher und Mikrophon einer Gegensprechanlage. Rick Jankowski stellte sein Gepäck ab und drückte energisch auf die Klingel. Eine helle, fest klingende Frauenstimme tönte ihm entgegen: »Firma Interexport, guten Tag! Wie ist Ihr Name, bitte?«

»Jankowski. Ich werde erwartet.«

»In welcher Angelegenheit?«

Er zögerte einen Augenblick. »Fragen Sie Herrn Dr. Schupp.«

»Tut mir leid, Herr Dr. Schupp ist nicht im Hause. In welcher Angelegenheit also?«

»Dann fragen Sie den Chef.«

»Tut mir leid, der ist auch nicht im Hause – Sie müssen schon mit mir vorlieb nehmen.«

»Ich bin hier angestellt – ich bin der neue Fahrer.«

»Ach du liebe Güte, der neue Fahrer!« Es sollte wohl belustigt klingen, hörte sich aber merkwürdig sachlich an, und auf das Wort »Fahrer« legte die Dame eine eigenartig ironische Betonung. »Kommen Sie rauf, das Büro ist im ersten Stock.«

Der Summer ertönte, Rick Jankowski drückte die Tür auf, nahm sein Gepäck und trat in den Flur. Die Tür schwang geräuschlos zurück und fiel mit einem leisen Klicken hinter ihm ins Schloss. Das Erste, was Rick auffiel, war die ungewöhnliche Stille; das Zweite eine Videokamera oben an der Decke. Der Flur umzingelte ihn mit einem grauen Halbdunkel. Der Fußboden war mit Steinen ausgelegt, die wie Marmor aussahen und bis etwa in Brusthöhe das untere Drittel der Wände bedeckten, die Decke war sehr hoch und mit Stuckornamenten verziert. Ein paar Meter weiter in den Flur hinein führte eine breite Treppe mit zwei abgegriffenen Geländern zum Fahrstuhl. Die Holzstufen waren glatt und blankgewienert und in der Mitte ausgetreten. Auf einigen sprangen die Adern der Maserung so deutlich hervor, als seien sie als Zierleisten extra angebracht worden, und jede einzelne Stufe gab bei jedem Tritt ein Geräusch von sich wie ein verstimmtes Instrument.

Ein muffiger Geruch von Vergangenheit und Bohnerwachs hing in der Luft, und es herrschte eine Stille wie in einem schlechtbesuchten Leichenhaus.

Im Fahrstuhl fiel Rick ein Schild auf, darauf stand in großen roten Buchstaben »Rauchen verboten«, und neben der Tür hing das gleiche Messingschild wie draußen am Eingang. An der Decke brannte eine breite Neonleiste mit hellem, grellem Licht, das ausgereicht hätte, um einen Ballsaal zu erleuchten, und in einer Ecke zwischen der Decke und der kahlen Wand hing eine zweite Videokamera. Sie hing schräg mit der Linse nach unten frech und auffällig da und beäugte jeden, der den Fahrstuhl betrat.

Rick Jankowski drehte der Kamera den Rücken zu,

drückte auf den Knopf zum ersten Stock und blickte bis zum Halt auf seine Schuhe. Der Fußboden war mit einem scheußlichen hellgrünen Kunststoffmaterial ausgelegt. Der Fahrstuhl hielt mit einem leichten Ruck, Rick Jankowski nahm sein Gepäck und betrat den Flur des ersten Stocks. Es herrschte die gleiche auffällig unauffällige Stille wie unten im Flur, und auch durch die Tür mit dem Schild »Sekretariat« war kein Laut zu hören. Er trat darauf zu und wurde dabei von einer weiteren Videokamera von der Decke beobachtet. Er klopfte und drückte die Klinke herunter. Auch diese Tür war abgeschlossen. Ein Summer ertönte. Rick drückte gegen die Tür, trat ein, und die Tür fiel automatisch hinter ihm ins Schloss. Er stellte sein Gepäck ab, deutete eine Verbeugung an und sagte: »Guten Tag, Jankowski.«

»Mein Name ist Lehmann«, erwiderte die Frau am Schreibtisch.

»Kann ich bitte Ihre Papiere sehen?« Sie war Anfang dreißig, hatte kupferrote Haare, große Augen, starke Wangenknochen und einen großen Mund.

»Scheint ein sehr vorsichtiger Mann zu sein, der Chef«, sagte Rick Jankowski und gab ihr seine Papiere.

Sie verglich die Angaben in ihrem Notizbuch mit den Eintragungen in seinem Pass und entgegnete, ohne aufzublicken: »Vorsicht ist gut!« Sie lachte. »Entweder Sie gewöhnen sich dran, oder Sie sind ziemlich schnell wieder draußen, klar?«

»Völlig klar. Sie haben mir Ihren Vornamen noch nicht gesagt, meinen kennen Sie ja schon.«

Sie hob den Kopf um einige unbedeutende Zentimeter und sah ihn an: »Ich wüsste zwar nicht, was das für einen Sinn haben sollte, aber bitte! Ich heiße Carmen.«

Rick Jankowski ging zum Fenster und blickte hinaus. Das Glas hatte eine dunkle Tönung und sah dicker aus als normales.

»Panzerglas?«

»So ist es. Von außen nicht einsehbar, bombensicher im wahrsten Sinne des Wortes.«

Rick Jankowski drehte sich um und sah auf einen kleinen braunen Leberfleck unterhalb ihres rechten Auges. »Wann kommt der Chef denn zurück?«

Sie lachte hell auf, als habe er etwas ungeheuer Komisches gesagt. »Man merkt, dass Sie neu sind! Am besten schreiben Sie sich das hinter die Ohren, WKL kommt und geht, wann er will, und von Dr. Schupp bekommt man meistens gar nichts zu hören.«

»WKL?«, fragte Rick.

»Werner Karl Lausen, WKL ist die Abkürzung, so nennen ihn alle. Na ja, ich bin mal gespannt, wie lange *Sie* hier bleiben, lange bestimmt nicht!«

»Und warum nicht?«, fragte Rick.

Sie blickte ihn kritisch an und antwortete: »Ich weiß nicht, Sie kommen mir irgendwie naiv vor.«

»Sie haben eine ziemliche Laune am Leib heute, was?«

Sie lachte. »Was meinen Sie, was hier für ein Bombenbetriebsklima ist!«

Rick fiel auf, dass sie schon zum zweiten Mal das Wort »Bombe« gebrauchte. Sein Blick wanderte durch das Zimmer zur Decke hoch.

Sie lachte wieder. »Ich weiß schon, was Sie denken. Hier drin ist keine Kamera oder so was. Und wenn schon – WKL weiß ganz genau, dass ich sage, was ich denke.«

Rick Jankowski nahm einen Pflanzentopf und stellte ihn näher zum Fenster.

»Was soll das?«

»Sie braucht mehr Licht, sonst wird die Ihnen bald eingehen. Sagen Sie, was ist eigentlich mit meinem Pass?«

»Der bleibt erst mal hier, den kriegen Sie später wieder. Wenn er gefälscht ist, sagen Sie's lieber gleich, letzte Chance.« Ihre freche Art zu reden verblüffte ihn, aber sie war ihm nicht unsympathisch.

»Werde ich hier im Haus wohnen?«

»Selbstverständlich! Kommen Sie mit, ich habe nicht ewig Zeit, ich zeige Ihnen jetzt Ihr Zimmer.« Bevor sie aufstehen konnte, klingelte das Telefon. »Firma Interexport, guten Tag?« Sie hörte einen Augenblick in die Muschel, dann sagte sie: »Ja, ist gut, Herr Müller, ich werd's ihm ausrichten.« Sie legte auf, und das Telefon klingelte sofort wieder. »Firma Interexport, guten Tag? Ja, er ist da. Ich bin gerade dabei.« Sie legte wieder auf und wandte sich an Rick Jankowski: »Das war Dr. Schupp eben. Er wollte wissen, ob Sie schon da sind. Sie haben's ja gehört. Er ist noch mit WKL unterwegs. Sie sollen Ihre Sachen auspacken und dann in Ihrem Zimmer bleiben, bis Sie angerufen werden. Sie haben ein Telefon, aber es ist nur ein Hausanschluss. Sie können damit nicht nach draußen rufen.«

Sie gingen durch den Flur. Rick Jankowski warf einen Blick zur Videokamera an der Decke.

Sie lachte und deutete auf den Koffer und den Seesack. »Ist das Ihr ganzes Gepäck?«

»Ja.«

»Waren Sie mal Seemann, oder ist das Ding bloß eine Marotte?«

»Es ist praktisch, aber Seemann war ich auch mal.«

»Sie sind wohl ein Herumtreiber, Herr Jankowski,

stimmt's?« Sie lachte wieder und ging mit resoluten Schritten zum Fahrstuhl.

Im Fahrstuhl sagte sie: »Ihr Zimmer liegt im dritten Stock. Dr. Schupps Büro ist im zweiten.«

»Und was ist im vierten?«, fragte Rick neugierig. »Im vierten? Da ist WKL und sonst niemand. Der vierte Stock ist für normale Sterbliche off limits, kapiert? Bevor Sie da mal hin dürfen, müssen Sie erst von WKL höchstselbst zum Ritter geschlagen werden, das ist mal bombensicher.«

Das Zimmer war klein, hatte aber ein eigenes Bad, eine Kochnische und einen schmalen Umlaufbalkon mit mannshohem, bauchig nach außen gewölbtem Eisengitter, dessen Stäbe ziemlich angerostet waren. Rick Jankowski setzte sein Gepäck ab, trat ans Fenster und blickte hinaus in den mit Schnee bedeckten Hinterhof. Nur die Ecke für die Mülltonnen war freigeschaufelt. In der Mitte des Hofs ragten zwei Metallstangen für die Wäscheleine kahl aus dem Schnee. Der Schnee war dreckig, und über den Häusern hing ein graues, trübes Stück Himmel.

»Sagen Sie bloß nichts gegen das Zimmer, Sie haben es schließlich umsonst. Für so was Ähnliches zahle ich siebenhundertfünfzig kalt, und das geht noch.«

Rick Jankowski drehte sich um und sah sie an. »Ich dachte immer, in Berlin sind die Mieten niedriger als in Westdeutschland.«

»Das war einmal.« Sie rieb sich unschlüssig die Ellenbogen, dann sagte sie: »Von mir werden Sie nichts Schlechtes über Berlin hören. Wenn es mir hier nicht mehr passen sollte, ich würde sofort die Konsequenzen ziehen. Da wär ich am nächsten Tag schon weg, da können Sie Gift drauf nehmen.« Sie wandte sich zur Tür.

»Warten Sie noch einen Moment. Ich möchte Sie noch etwas fragen. Was würden Sie sagen, was für ein Mensch ist WKL?«

Carmen Lehmann warf ihm einen wachsamen, forschenden Blick zu. »Also wissen Sie, Sie haben vielleicht eine Art, Leute auszufragen!«

Rick Jankowski machte eine beschwichtigende Geste. »Sie brauchen ja nicht darauf zu antworten, war ja nur 'ne Frage.«

»Das brauchen Sie mir nicht zu sagen. Also gut, Sie haben sich doch umgesehen im Haus – ich meine, unten im Flur, im Fahrstuhl, im Etagenflur –, da ist Ihnen doch etwas aufgefallen.«

»Sicher.«

»Na also, er ist, sagen wir, ein durch und durch misstrauischer Mensch.«

Rick Jankowski blickte sie an und schwieg.

»Ich weiß nicht, was ich Ihnen noch sagen soll«, sagte sie ungeduldig. »WKL ist kein Mann, über den man in drei Sätzen reden kann, ich kann's jedenfalls nicht. Fragen Sie Dr. Schupp, der kennt ihn am längsten.«

»Ich frage aber Sie.«

»Na ja, er ist kompliziert, glaube ich. Aber er weiß, was er will. Er hat viele mehr oder weniger kleine Eigenarten. Mehr kann ich aus der Lameng einfach nicht über ihn sagen.« Sie lächelte sarkastisch. »Sie werden ihn ja noch erleben. Tiere dürfen Sie hier übrigens nicht halten. Pflanzen ja. Und jetzt muss ich wieder in mein Büro.«

»Dann vielen Dank«, sagte Rick Jankowski. »Was für Geschäfte werden denn hier gemacht?«

»Immobilien«, sagte sie und ging zur Tür.

»Wissen Sie was? Sie sind eine Bombenfrau.«

Sie lachte laut auf, dann sagte sie: »Ach, übrigens, WKL gegenüber gebrauchen Sie das Wort ›Bombe‹ besser nicht. Das kann er nämlich nicht leiden.«

Als Carmen Lehmann draußen war, erwartete er unwillkürlich, dass sie von außen den Schlüssel im Schloss herumdrehen würde, und dachte, das hätte zu der Geheimniskrämerei gepasst, die hier anscheinend herrschte. Er konnte nicht mal hören, wie sich ihre Schritte im Flur entfernten, und wieder fiel ihm die unnatürliche Stille in diesem Haus auf.

Ungefähr eine Stunde mochte vergangen sein, da klingelte das Haustelefon. Es war Dr. Schupp, der Rick Jankowski in sein Büro in den zweiten Stock bat.

Dr. Schupp begrüßte ihn mit einer Herzlichkeit, die fast echt wirkte, dann bat er ihn, Platz zu nehmen, und musterte ihn einen Augenblick lang schweigend. Er schien ausgesprochen gut gelaunt zu sein und sah Rick lächelnd an. »Sie fangen neu bei uns an, Sie gehören jetzt also mit dazu, daher ist es angebracht, dass wir über ein paar Dinge sprechen, die Sie sich bitte von Anfang an genau einprägen.« Er zündete sich eine seiner filterlosen englischen Zigaretten an, ließ den Rauch durch den offenen Mund entweichen, sog die kleine, blaue Rauchwolke dicht vor seinem Gesicht mit einem heftigen Atemzug tief in die Lunge und ließ den Rauch mit geschlossenem Mund durch die Nasenlöcher ausströmen.

»Für Ihr, wie Sie zugeben werden, außergewöhnlich gutes Gehalt verlangen wir natürlich auch etwas. Der Chef ist kein Unmensch – aber anders als die meisten anderen Menschen ist er überaus genau, auch in sogenannten kleinen Dingen. Nichts ist ihm mehr zuwider als Illoyalität, Unpünktlichkeit, überhaupt jede Art von Disziplinlosigkeit. Ich kenne wenige Menschen mit seinen Fähigkeiten. Allein sein Gedächtnis ist phänomenal. Er kann stundenlang ohne Notizen verhandeln. Er denkt immer schon einen Schritt voraus.«

Er machte eine Pause und fuhr dann fort: »Wenn ich Ihnen einen guten Rat geben darf, erweisen Sie sich seines Vertrauens würdig, und Sie werden sehen, Sie kommen glänzend mit ihm aus.«

»Darf ich Sie mal was ganz anderes fragen?«

»Heraus damit!«

»Wie kommt es, dass die Stelle frei geworden ist?«

»Wie es kommt, dass die Stelle frei geworden ist, wollen Sie wissen?« Dr. Schupp hüstelte, drückte seine Zigarette aus und legte den rechten Zeigefinger an die Schläfe.

»Ja, was ist der Grund?«

»Nun, Ihr Vorgänger hat gekündigt. Ich kann es nur noch einmal sagen, Herr Jankowski, es liegt ganz an Ihnen selbst, wie Sie hier zurechtkommen.«

»Ist mein Vorgänger denn nicht zurechtgekommen?«

»Aber nein«, entgegnete Dr. Schupp mit einer Miene, die ausdrücken sollte, dass es hier nichts gab, was er nicht wusste. »Er wollte sich wohl verändern, soweit ich weiß. Im Übrigen sind wir immer für klare Verhältnisse. Wenn wir, was ich weder hoffe noch vermute, nicht miteinander harmonisieren sollten, machen wir einen klaren Schnitt und trennen uns eben.«

»Ganz meine Meinung.«

»Umso besser! Sonst noch Fragen?«

»Ehrlich gesagt hätte ich gerne noch ein bisschen mehr über meine Aufgabe gewusst.«

»Sie fahren den Chef, Sie sind sein Begleiter. Ganz generell wird von Ihnen erwartet, dass Sie nicht unabgemeldet das Haus verlassen und sich in Ihrem Zimmer jederzeit zur Verfügung halten.« Er bedachte Rick Jankowski mit einem langen, nachdenklichen Blick und fuhr fort: »Ich hoffe, Sie sind ein ruhiger, ausgeglichener Mensch, der auch mit sich allein sein kann.«

»Ich denke schon.«

»Das wär's dann wohl. Fräulein Lehmann mit ihrem losen Maul haben Sie ja schon kennengelernt; sie ist gar nicht so bissig, wie sie immer tut. Ja, und Sie gehen jetzt am besten wieder in Ihr Zimmer und warten ab. Der Chef wird Ihnen bis zum Abend sagen, ob er Sie heute noch braucht.«

Rick Jankowski stand auf und ging zur Tür.

»Ach, Herr Jankowski, jetzt hätte ich doch fast etwas vergessen! Besitzen Sie eine Waffe?«

»Nein«, sagte Rick etwas verwundert.

»Eben! Wie ich Ihnen ja schon in Hamburg gesagt habe, wünscht der Chef, dass Sie eine Waffe bei sich tragen, wenn Sie mit ihm das Haus verlassen, einfach nur zur Sicherheit.« Er zog eine Schreibtischschublade auf und nahm eine Pappschachtel heraus. »Hier, nehmen Sie! Da ist alles drin.«

Er bemerkte Rick Jankowskis Zögern und fügte hinzu: »Ich versichere Ihnen, die Waffe ist vollkommen legal, wir besitzen dafür alle erforderlichen Dokumente.« Er zuckte die Achseln. »Der Chef möchte nur nicht selber damit herumlaufen und bittet Sie darum, sie bei sich zu haben.«

In seinem Zimmer packte Rick Jankowski den Pappkarton aus und legte den Inhalt auf den Tisch. Es war eine

Pistole Marke Walther PPK Cal. 9 mm kurz, mit schwarzen, kleingeriffelten Griffschalen und Rücken, eine gebräuchliche Polizeiwaffe, ein neues ledernes Schulterhalfter, eine Bürste, Reinigungsflüssigkeit und vier bunte Pappschachteln mit je 25 Patronen für automatische Pistolen der Firma Sinoxid Dynamit Nobel Aktiengesellschaft. Auf den Laschen der Pappschachteln stand: *Warning keep out of reach of children.*

Rick Jankowski betrachtete Waffe und Munition mit sehr gemischten Gefühlen. Natürlich hatte ihn Dr. Schupp schon in Hamburg darauf hingewiesen, dass er eine Waffe tragen sollte, aber jetzt, da sie vor ihm auf dem Tisch lag, war ihm doch etwas mulmig zumute. War das auch nur übertriebene Vorsicht, oder hatte WKL einen Grund dafür, seinen Fahrer zu bewaffnen? Rick nahm die Waffe auseinander. Soweit er feststellen konnte, war sie nicht frisiert; die Nummern am Schlitten und neben dem Griff stimmten überein. Sie war sauber und frisch geölt. Er setzte sie wieder zusammen, drückte sechs Patronen in das Magazin und packte alles wieder in den Pappkarton, den er in seine Nachttischschublade legte. Die Stille in diesem Haus legte sich auf ihn wie eine schwere Wolke.

Abends um acht rief Dr. Schupp noch mal an. »Der Chef braucht Sie heute nicht mehr, Herr Jankowski«, sagte er aufgeräumt, »aber er würde es lieber sehen, wenn Sie das Haus heute nicht mehr verließen.«

»Gut.« Rick Jankowski legte den Hörer auf und blätterte in dem Rätselheft, das er in der Nachttischschublade gefunden hatte.

7

WKL

Tagebuch Rick Jankowski (2)

Man schien wirklich an alles gedacht zu haben. Im Kühlschrank in der Kochnische fand ich Pflanzenmargarine, Wurstaufschnitt, Käse, Joghurt und ein paar Büchsen Coca-Cola und Bier, in dem kleinen Wandschrank neben der Spüle Besteck, eine Tasse, Teller, Kaffee und Schnittbrot in einer Klarsichthülle, die den Aufdruck »mit Propionsäure« trug. Dieses Brot konnte man wochenlang offen herumliegen lassen, ohne dass es schimmelte. Praktisch, aber ekelhaft.

In dem kleinen Zimmer stand eine Ausklappcouch mit Bettzeug drin. Es war alles da; ich hätte tagelang das Zimmer nicht zu verlassen brauchen.

Diese Vorsorge wirkte bedrückend auf mich. Ich dachte an Dr. Schupp mit seinem eintrainierten Verhalten; er fühlte sich wohl immer beobachtet und spielte dementsprechend seine Rolle. Er dampfte förmlich eine vollwanstige Jovialität aus, wie manche Politiker, wenn sie sich unters Volk mischen.

Beim Blättern im Tagebuch fiel mir wieder ein Foto in die Hände, das ich schon oft betrachtet hatte: Großvater, Benjamin, Lilli und ich an der Dosse beim Angeln. Großvater hatte eine richtige Angel, wir anderen bloß Stöcke mit Bindfäden dran. Wir waren noch Kinder, aber die Art, wie ich Lilli anblickte, verriet mich. Ich hatte schon öfter überlegt, wer eigentlich damals dieses Bild gemacht hatte, aber ich war nie drauf gekommen. Auf dem Fensterbrett starb geräuschvoll eine dicke Fliege. Ich packte den Rest meiner Sachen aus und legte mich früh schlafen.

Am nächsten Morgen kurz nach acht Uhr klingelte das Haustelefon auf meinem Nachttisch. Ich nahm den Hörer ab und meldete mich.

»Schupp. Ihr Wecker hat schon geklingelt, hoffe ich?«

»Ich brauche keinen Wecker, ich wache jeden Morgen um die gleiche Zeit auf.«

»So, wann denn?«

»Um sechs.« Das stimmte. Ich hatte mir schon längst in der Kochnische Kaffee gemacht und gefrühstückt.

»Gottes willen«, sagte Dr. Schupp mit belegter Stimme. Sie klang, als ob er verkatert wäre. »Kommen Sie bitte sofort in mein Büro. WKL braucht Sie heute.«

»Mit oder ohne?«

»Mit oder ohne was?«, fragte Dr. Schupp und hustete krächzend.

»Mit oder ohne Waffe.«

»Mit natürlich – ohne dass Sie sich weiter etwas dabei denken, bitte.« Damit legte er auf.

Ich legte das Schulterhalfter mit der Waffe an, ging zum Fahrstuhl und fuhr ein Stockwerk tiefer. Die Kameraaugen sahen mir dabei zu.

Dr. Schupp saß hinter seinem Schreibtisch und winkte mich herein. Er sah fürchterlich aus, hatte dicke Tränensäcke unter den Augen, sein Gesicht war grau und verschwiemelt, und seine Stirn glänzte. Seine kleinen Augen hinter den Brillengläsern waren so auf dem Quivive wie immer, nur die Augäpfel hatten einen leicht gelblichen Schimmer. Vor ihm auf dem Schreibtisch lag eine aufgeschlagene Unterschriftenmappe.

Carmen Lehmann, die neben ihm stand, kratzte sich mit dem Bleistiftende hinter dem rechten Ohr und zwinkerte mir zu. »Morgen, Herr Jankowski, oder kriegen Sie auch morgens den Mund nicht auf?«

Dr. Schupp seufzte. »Achten Sie nicht auf sie.« Carmen Lehmann, die einen blitzblanken, frischgeschrubbten Eindruck machte, sagte: »Hören Sie, wenn WKL heute nicht da ist, würde ich mir gerne freinehmen. Ich muss mal wieder dringend zum Friseur und noch ein paar andere Sachen erledigen.«

»WKL ist gegen Mittag bestimmt wieder hier«, entgegnete Dr. Schupp, ohne aufzublicken. »Den Vormittag können Sie meinetwegen freihaben, nachmittags nicht.«

»Da kriege ich doch jetzt keinen Termin mehr, was glauben Sie denn!«

Dr. Schupp zog eine schmerzhafte Grimasse. »Bitte nicht so munter und vor allen Dingen nicht so laut, wenn ich bitten darf. Dann bekommen Sie eben in den nächsten Tagen erst frei, das ist immer noch früh genug, um auf Herrn Jankowski Eindruck zu machen. In der Liebe und im Leben soll man nichts überstürzen, Fräulein Carmen Lehmann.«

»So denken Sie. Das ist mal wieder typisch, Herr Doktor.« Sie deutete mit dem Bleistift auf mich und sagte: »Ich glaube trotzdem, der Herr Jankowski ist ein Netter.« Dann kreischte sie unvermittelt vor Lachen und hörte ebenso unvermittelt wieder damit auf. Es hörte sich an wie ein herausgerissener Fetzen aus einer Opernarie in mächtig hohen Tönen.

Dr. Schupp lächelte gequält. »Nicht so laut! Und noch zwei Aspirin, bitte.«

»Die sind alle! Ich hab Ihnen eben die letzten beiden gegeben«, erwiderte Carmen Lehmann triumphierend.

»Dann besorgen Sie eben noch welche, Herrgott!«

Das Telefon klingelte. Dr. Schupp hob seinen Blick von der Unterschriftenmappe. »Gehen Sie schon ran, Fräulein Lehmann, ich bin nicht da!«

»Firma Interexport, guten Tag?«

Sie hörte einen Augenblick zu, dann bedeckte sie mit einer Hand die Sprechmuschel und sagte zu Dr. Schupp gewandt: »Es ist Herr Müller, er hat gestern schon mal angerufen. WKL lässt sich von mir verleugnen, und Herr Müller will wissen, ob es bei dem Termin mit WKL heute Morgen bleibt.«

»Geben Sie her.« Dr. Schupp nahm ihr den Hörer aus der Hand, und es sah ein bisschen komisch aus, wie er sich im Sitzen straffte. »Schönen guten Morgen, ich hoffe jedenfalls, Ihrer ist besser als meiner ... Nein, das ist gar kein Witz, wenngleich ganz meine eigene Schuld. Ich habe zu Hause mit WKL noch einen Whisky auf Ihren vorzüglichen 76er Mosel getrunken, es können auch zwei gewesen sein, jedenfalls hätte ich das nicht tun dürfen, sonst müsste ich jetzt nicht dafür büßen ... Ja, WKL weiß Bescheid, es bleibt dabei. Auf Wiedersehen!« Er legte auf und knurrte: »Von wegen vorzüglich, der war viel zu süß, daher hab ich den Kopf!«

»Und was ist nun mit meinem freien Tag?«, bohrte Carmen Lehmann.

»Was soll damit sein?«, fragte Dr. Schupp, wieder ganz in seine Papiere vertieft.

»Na, welcher Tag denn nun? Auch ein Friseur muss Termine machen, wissen Sie!«

»Ich kann's jetzt noch nicht sagen. Erinnern Sie mich morgen früh noch mal.«

Sie zog eine Schnute, sagte aber nichts.

Dr. Schupp unterschrieb einen Brief, klappte die Mappe zu und schob sie ihr über den Schreibtisch hin. »Die Briefe können alle so raus.« Er hustete wieder einen quälenden, krächzenden Husten und hielt sich mit beiden Händen den Leib dabei. Keiner von uns hörte, wie die Tür aufging.

Carmen Lehmann sagte plötzlich: »Oh, guten Morgen, WKL!«

»Morgen.«

Ich drehte mich um. Werner Karl Lausen stand im Türrahmen und sah mir nicht aus wie einer, an dem seine unmittelbare Umgebung viel Freude hat; ein magerer, mittelgroßer Mann mit scharf ausgeprägter Nase und einem knochigen Gesicht mit tief eingekerbten Falten um Nase und Mund. Seine dünnen, grausträhnigen Haare waren ohne Scheitel straff nach hinten gekämmt und hingen ihm bis über den Kragen. Er hatte einen ziemlich abgetragenen hellgrauen Einreiher an, dazu ein weißes, bis zum Kragen zugeknöpftes Seidenhemd mit verdeckten Knöpfen und ausgetretene, spiegelblanke schwarze Halbschuhe. Seine Gesichtsfarbe verriet, dass er zu wenig an die frische Luft kam.

Dr. Schupp stand auf. »WKL, das ist Herr Jankowski.«

WKL nickte mir zu und erwiderte trocken: »Hätt ich's mir doch fast gedacht. Können wir gehen, Herr Jankowski?«

»Selbstverständlich.«

Er ging vor in den Flur, und ich folgte ihm. Hinter mir hörte ich Carmen Lehmann noch sagen: »Viel Spaß!«

Im Flur sagte WKL: »Ich gebe Ihnen nicht die Hand, weil ich das für eine typisch deutsche Unsitte halte. Was meinen Sie, wie viel Bazillen auf diese Art übertragen werden! Die Engländer wissen ganz genau, warum sie das nicht machen.« Die Haut auf seiner Nase sah durchsichtig aus und war von vielen hauchdünnen roten Äderchen durchzogen, ebenso wie seine Wangen.

Wir betraten den Fahrstuhl.

»Haben Sie die Waffe bei sich?«

Ich nickte und schlug meine Jacke auf.

WKL warf einen Blick auf die Pistole im Schulterhalfter und sagte: »Kaum zu bemerken unter der Jacke, gut so! Können Sie sie nur spazierentragen, oder können Sie auch damit umgehen?«

»Ich kann damit umgehen«, entgegnete ich, »bin aber nicht besonders scharf drauf.«

»Und ich möchte nicht, dass Sie einen falschen Eindruck bekommen«, sagte WKL, »die Waffe tragen Sie natürlich nur für den äußersten Fall der Fälle.«

Ich sagte nichts darauf, und WKL fuhr fort: »In dieser Stadt geht's ja heutzutage zu wie im Wilden Westen, oder sollte ich besser sagen wie in Istanbul?« Sein schmaler Mund verzog sich zu einem sarkastischen Lächeln.

Wir verließen den Fahrstuhl.

»Gehen Sie vor«, sagte WKL.

Ich zog die Haustür auf und ging hinaus. Er blieb immer ziemlich dicht hinter mir.

»Wir nehmen den Wagen von Fritz, diese Ami-Postkutsche da«, sagte WKL und deutete auf einen schwarzen

Buick Skylark, der majestätisch am Straßenrand kauerte. »Können Sie den überhaupt fahren?«

»Sicher. Wohin soll's denn gehen?«

»Heute fahre ich«, erwiderte WKL.

Der große, schwarze Wagen glitt lautlos die Hasenheide entlang. WKL fuhr ruhig und sicher, das Motorengeräusch war innen kaum zu hören.

»Ich hoffe, Sie gehören nicht zu den Menschen, bei denen ständig und überall das Radio plärren muss«, sagte WKL.

Dr. Schupps Magnatenkleinwagen hatte außer Telefon natürlich auch noch ein kombiniertes Radio-Kassetten-Gerät mit Verstärker. Die Lautsprecher waren in beide Seitentüren und hinten über den Rückenlehnen eingelassen.

»Nein«, antwortete ich, »aber ich würde gerne einen kleinen Fernseher in meinem Zimmer aufstellen, wenn es Ihnen recht ist.«

WKL blickte in den Rückspiegel, wechselte auf die gegenüberliegende Fahrbahn und fuhr in Richtung Yorckstraße. Ich betrachtete ihn scheinbar beiläufig von der Seite. Er hatte eine Sonnenbrille mit schwarzem Gestell aufgesetzt, die er in jedem dieser modernen Ramschläden für alles Mögliche von früher spielend als Antiquität hätte verkaufen können. Er hatte schmale Handgelenke, die kaum behaart waren, und magere, eher kleine Hände. Ich fand, dass er ein bisschen zu oft in den Rückspiegel blickte. Plötzlich sagte er: »Drehen Sie sich nicht um! Sehen Sie in den Spiegel. Was meinen Sie, fährt der hinter uns her?«

Es war ein älterer silbergrauer Ford Granada Coupé. »Der Ford?«

WKL nickte. »Es gibt eine ganz einfache Methode, das festzustellen, nicht wahr?«

Er bog ab in eine andere Straße. Der silbergraue Ford folgte uns. Rein äußerlich war WKL keinerlei Aufregung anzumerken. Er fuhr auf die linke Spur und betätigte den Blinker. Der Ford fuhr rechts an uns vorbei.

»Na also«, sagte WKL in einem Tonfall, als hätte *ich* den Verdacht geäußert, der Wagen folge uns. Wir fuhren bis nach Lichterfelde.

WKL bog von der Hauptstraße ab und fuhr auf eines von mehreren halbfertigen Hochhäusern zu. Die Fenster waren schon eingesetzt, die Scheiben mit weißer Farbe markiert und die Wände aus Fertigbetonplatten noch ungestrichen. Quer auf der Vorderseite stand in großen roten Sprühdosen-Lettern: WIR WOLLEN LEBEN RAF mit dem Stern und den zwei gekreuzten Maschinenpistolen darin.

Vor dem Haus stand ein hellblauer Audi mit Westberliner Kennzeichen.

Mir fiel auf, dass keine Arbeiter zu sehen waren, weder draußen noch drinnen. Das ganze Haus machte einen verlassenen Eindruck. Unten im Flur lagen Bauschutt und Bretter herum, und ein muffiger Geruch nach Zementstaub und menschlichem und tierischem Unrat war in der Luft. Erstaunlicherweise war der Fahrstuhl schon eingebaut und funktionierte sogar. Wir betraten ihn, und WKL drückte auf den obersten Knopf zum elften Stock. Die automatische Tür schob sich mit einem leisen schnarrenden Geräusch zu. Der Fahrstuhl ruckte an und fuhr nach oben.

Auf der Höhe des zweiten Stockwerks blinkte plötzlich der Knopf des dritten auf und signalisierte einen Halt. Ich sah WKL die Stirn runzeln und schaute ihn fragend an. Er jedoch übersah meinen Blick. Der Fahrstuhl hielt mit einem leisen Seufzen der Hydraulik, und die Tür öffnete sich. Zwei Männer traten in den Fahrstuhl. Sie nickten uns kurz zu. Einer sah mit seinen dauergewellten Haaren und seinem feisten Gesicht aus wie ein Provinztenor. Zu allem Überfluss steckte er auch noch in einem prallsitzenden blauen Blazer mit runden, glatten Messingknöpfen und einer hellen Hose ohne Aufschläge, die ihm an den Oberschenkeln zu eng war, vom Knie abwärts breiter wurde und unten mit den Rändern auf die Schuhe aufstieß. Er hatte drei Kinne, eine kleine, verschorfte Schnittwunde am linken Mundwinkel und ein eingefrorenes, süffisantes Lächeln im Gesicht. Außerdem roch er stark nach einem billigen Rasierwasser.

Der andere war einen guten Kopf kleiner als der Dicke, hatte eine Halbglatze und trug einen braunen Anzug mit Knautschfalten unter den Armen und an den Knien. Sein Gesicht war glattrasiert und blass und gehörte zu jenen, die man sich auf den ersten Blick schwer merken kann. Die kahle Stelle auf seinem Schädel schimmerte im bläulichen Neonlicht der Fahrstuhlbeleuchtung, und er strömte einen schalen Geruch nach kalten Zigarettenstummeln aus, der sich mit dem Rasierwasser des Dicken zu einer penetranten Mischung zusammentat. Auf seiner rechten Wange klebte ein circa zehn Zentimeter langes schmales Pflaster. Über dem rechten Arm trug er einen ordentlich zusammengelegten hellen Popelinemantel mit kleinem runden Kragen.

Der Dicke räusperte sich und zog schlürfend die Nase hoch.

Ich beobachtete WKL aus den Augenwinkeln und

konnte seinen Widerwillen förmlich spüren. Er machte ein Gesicht, als hielte ihm jemand einen fauligen Hering unter die Nase. Auf seiner Nasenwurzel wuchs eine senkrechte tiefe Falte, und auf seiner Stirn versammelte sich ein Heer winziger Schweißtropfen. Seine Augen huschten unruhig hin und her, und sein ganzes Gesicht, das sich zusehends rötete, glänzte feucht. Er zog ein Päckchen Papiertaschentücher aus seiner Jackentasche, riss es mit einem heftigen Geräusch auf und entfaltete ein Taschentuch schüttelnd mit zwei Fingern, um sich das Gesicht damit abzutupfen. Er wirkte irritiert. Mehr noch, ich glaube fast, er hatte Angst.

Ich versuchte, WKL und die beiden Männer gleichzeitig im Auge zu behalten. Als WKL sich mit dem Papiertaschentuch das Gesicht abtupfte, sah ich, wie der Dicke im blauen Blazer den Arm hob und sich im Nacken kratzte, und WKL und ich, wir bemerkten beide augenblicklich dasselbe.

Der Dicke war bewaffnet. Und im selben Moment kam mir auch der andere, der mit der Halbglatze komisch vor, denn erstens trug er seinen Mantel über dem rechten Arm und nicht, wie man das eigentlich normalerweise macht, über dem linken. Und zweitens kamen mir die allzu exakten, graden Falten, die sein Mantel dabei warf, verdächtig vor.

Während ich noch vollauf damit beschäftigt war, diese Eindrücke zu verarbeiten, hatte WKL schon auf den Knopf des vierten Stocks gedrückt, gerade noch rechtzeitig, und der singende Ton der Hydraulik kurz vor dem Halt war bereits zu hören. WKL stand hinter mir, mit dem Rücken zur Tür, und ich spürte seinen hastigen Atem im Nacken. Plötzlich ging alles sehr schnell.

Der Fahrstuhl hielt, die Tür öffnete sich mit einem verhaltenen Ruck und schob sich wie in Zeitlupe weiter auf. WKL war draußen, sowie er durch die Türöffnung passte, ich trat rückwärts hinaus in den Flur und deckte ihn. Die beiden Männer im Fahrstuhl taten so, als interessiere sie das alles nicht im Geringsten. Ich würde sagen, sie übertrieben ein bisschen dabei. Bevor ihnen jedoch etwas Besseres einfiel, schob sich die Fahrstuhltür wieder zu, und der Fahrstuhl fuhr weiter nach oben.

»Kommen Sie, kommen Sie«, zischte WKL. Er war schon eine Treppe tiefer. Was blieb mir anderes übrig, als ihm hinterherzulaufen und zu hoffen, mit einem möglichst einfachen Knochenbruch davonzukommen? Das Treppenhaus hallte wider von unseren hastigen Schritten. Wir waren als Erste wieder unten im Erdgeschoss, und während wir aus dem Haus und auf den Wagen zuliefen, rief WKL: »Sie fahren, Herr Jankowski!«

Beim Wagen angekommen, gab er mir die Schlüssel. Als die beiden Kerle aus dem Fahrstuhl im Hauseingang auftauchten, gab ich gerade Gas. Es war kein Fangiostart mit quietschenden Reifen und schleuderndem Heck, allerdings schon ein bisschen eiliger als sonst.

»Wohin?«

»Weg, weg, fahren Sie erst mal«, antwortete WKL. Er saß schwer atmend auf seinem Sitz zusammengekauert neben mir und machte noch immer einen angespannten Eindruck.

Etwas später fragte ich ihn: »Kannten Sie die beiden?«

»Sie können Fragen stellen! Natürlich nicht. Fahren sie uns hinterher?«

»Ich habe nichts bemerkt.«

WKL lehnte sich in seinem Sitz zurück und versank in

Brüten. Ich spürte förmlich, wie er innerlich kochte. Nach ein paar Minuten sagte er angeekelt: »Und wie die obendrein gestunken haben! Einer schlimmer als der andere! Gott, wie ich so was hasse!«

»Der Dicke war bewaffnet, bei dem anderen bin ich mir nicht sicher.«

»Der andere hatte was unter dem Mantel.« Er warf mir einen forschenden Blick zu. »Oder haben wir uns das alles bloß eingebildet?«

»Das glaube ich nicht.«

»Na sehen Sie«, entgegnete WKL sarkastisch, »in dieser Stadt ist man seines Lebens nicht mehr sicher.«

»Können Sie sich erklären, was die beiden von Ihnen gewollt haben?«

»Allerdings! Sie nicht? Zwei Ganoven wie aus dem Bilderbuch. Meinen Sie etwa, die wollten mich zu Kaffee und Kuchen einladen?« Er blickte nervös in den Rückspiegel.

Ich holte tief Luft und fragte weiter: »Hat vielleicht irgendjemand einen Grund, Ihnen diese Typen auf den Hals zu schicken, ich meine, haben Sie Feinde?«

WKL sah mich an, als hätte ich etwas vollkommen Absurdes gesagt, dann wiederholte er langsam: »Feinde? Jeder, der an etwas exponierterer Stelle ist, hat Feinde, würde ich sagen. Wenn einer Erfolg hat, hart erarbeiteten Erfolg, dann hat er ganz automatisch auch Neider. Beklagenswert, aber so sind die Menschen nun einmal, ich habe da meine Erfahrungen.«

»Denken Sie denn an jemand Bestimmten?«

Es entstand eine längere Pause. »Ich bin mir nicht sicher, ob mir unser Gespräch noch gefällt«, bemerkte WKL schließlich.

Dann eben nicht, dachte ich und fragte: »Soll ich schneller fahren?«

»Nein, fahren Sie weiter so. Sie machen das gut. »Er schwieg wieder eine Weile, dann fuhr er fort: »Herr Jankowski ...«

»Ja?«

»Ich möchte, dass eines ganz klar ist: Ich erwarte absolute Diskretion von Ihnen! Kein Wort darüber zu irgendjemandem, und schon gar nichts an die Presse!« Er sagte das in sehr entschiedenem Ton.

»Keine Sorge, Sie können sich auf mich verlassen.«

WKL deutete ein Nicken an, fingerte eine lange, dicke Zigarre Marke »Romeo und Julia Churchill« in einer hellen Metallhülse aus der Innentasche seiner Jacke, schraubte den Deckel ab und ließ die Zigarre vorsichtig herausgleiten. Er beschnüffelte sie, rollte sie zwischen Daumen und Zeigefinger dicht am Ohr, und so leise, wie der Wagen fuhr, bestand tatsächlich die Möglichkeit, dass er das leise Knistern hörte, das dabei entstand. Dann steckte er die Zigarre zwischen die Zähne, knabberte hingegeben das Tabakblättchen am Mundstück ab und zündete sie sorgfältig mit einem Gasfeuerzeug rundum an der Spitze an. Er paffte die ersten Züge an die Windschutzscheibe, lehnte sich zurück und sagte: »Ja, ich glaube, ich kann mich auf Sie verlassen, Herr Jankowski. Kompliment, Sie haben sich gut verhalten eben. So was schätze ich. Wissen Sie was? Sie wollen doch einen Fernseher haben, oder? Sie kriegen einen von mir.«

»Sie zahlen mir ein gutes Gehalt. Ich hätte lieber einen Vorschuss.«

»Sollen Sie haben. Und den Fernseher kriegen Sie von mir noch obendrein, als Bonus.«

Ich fand ihn schon etwas eigenartig, kann aber nicht sagen, dass er mir unsympathisch war. Seine Dankbarkeit kam mir übertrieben vor. Den Fernseher bekam ich tatsächlich. Er kaufte ihn in der Innenstadt, und danach fuhren wir in die Hasenheide zurück. Unterwegs rauchte WKL demonstrativ schweigsam seine Zigarre und gab mir deutlich zu verstehen, dass er unsere Unterhaltung für beendet hielt.

8
Im vierten Stock

Rick Jankowski stand vor dem Spiegel und schnitt sich die Haare mit einem kleinen Kamm, zwischen dessen Zähnen etwas kürzere rasiermesserscharfe Klingen steckten. Er fühlte sich frisch und war auf eine ihm selbst unerklärliche Weise mit sich zufrieden.

Das Telefon klingelte. Er ging hin und nahm den Hörer ab.

»Jankowski.«

»Hier bin ich«, sagte WKL hastig und mit belegter Stimme. »Kommen Sie rauf, ich will Ihnen einen Drink anbieten. Oder sitzen Sie etwa schon vor der Glotze?«

»Nein.«

»Also dann bis gleich«, sagte WKL und legte auf.

Rick Jankowski blickte aus dem geschlossenen Fenster. Ein trübes, graues Dunkel hatte sich schwer im Hinterhof ausgebreitet, selbst die kahlen Teppichstangen waren kaum noch zu erkennen. Rick hielt für einen Augenblick den Atem an und schloss die Augen. Dann zog er sich ein frisches Hemd an, holte ein Jackett aus dem Schrank, blickte sich noch einmal prüfend im Spiegel an und verließ sein Zimmer. Er ging zum Fahrstuhl und fuhr ein Stockwerk höher.

Auch im Flur des vierten Stocks hingen Kameras an

der Decke, und die Tür zu WKLs Zimmer hatte statt einer Klinke nur einen festen Knopf, der sich nicht drehen ließ. Rick Jankowski klopfte an. Der Öffnungsmechanismus schnurrte. Er drückte die Tür auf und trat ein. Die Tür fiel automatisch hinter ihm ins Schloss.

»Da sind Sie ja«, sagte WKL, »kommen Sie her, setzen Sie sich hin.«

Er ging mit kurzen, rastlosen Schritten im Zimmer auf und ab, sein bleiches Gesicht hatte hektische rote Flecken, und seine Augen glänzten. In der linken Hand hielt er eine halbgerauchte helle Zigarre seiner Leib-und-Magen-Marke aus Kuba. Er bemerkte Ricks Blick, der im Zimmer umherschweifte, und fügte hinzu: »Sie können sich auch gerne ein wenig umsehen, wenn Sie mögen. Ich habe nichts zu verbergen.« Er lachte unvermittelt auf, als habe er soeben einen Witz gemacht.

Das Erste, was Rick Jankowski ins Auge fiel, waren die Monitore vor dem Schreibtisch. Sie zeigten die leeren Flure der unteren Stockwerke und den leeren Fahrstuhl. WKL trat neben Rick und folgte seinem Blick. Er lächelte.

Einen Augenblick später sahen sie Carmen Lehmann im Flur des zweiten Stocks und dann im Fahrstuhl auftauchen. Sie drückte auf den Knopf zum Erdgeschoss, kramte in ihrer Handtasche, zog einen Zettel heraus und hielt ihn mit der rechten Hand so hoch sie konnte vor die Kameralinse an der Decke. WKL trat an den Schreibtisch und drückte auf einen Knopf. Gleichzeitig winkte er Rick, näher zu kommen.

»Kommen Sie her, sehen Sie sich das an!«

Rick Jankowski trat näher an den Schreibtisch heran. Der Zettel, den Carmen Lehmann in ihrer Rechten hielt, füllte jetzt fast den ganzen Bildschirm aus. Darauf stand, in Großbuchstaben und mit der Schreibmaschine geschrieben: MORGEN MUSS ICH ENDLICH ZUM FRISEUR!

WKL lachte glucksend und schon etwas angetrunken vor sich hin und beobachtete, wie sie das Haus verließ. »Wenn ich sie Schandmaul nenne, wird sie immer fuchsteufelswild. Ich weiß gar nicht warum, stimmt doch, oder?«

»Ich hab sie zwar grade erst kennengelernt, aber mir kam's auch so vor«, entgegnete Rick und dachte dabei unwillkürlich an das Wort »Bombe«, das Carmen Lehmann so oft gebraucht hatte.

WKL kam hinter dem Schreibtisch hervor und fragte: »Funktioniert der Fernseher? Haben Sie einen guten Empfang?«

Rick nickte. »Es ist ja ein Antennenanschluss im Zimmer.«

WKL ging zu einer kleinen, raffiniert ins Bücherregal eingebauten Bar, und Rick blickte sich weiter im Zimmer um.

In der Ecke neben dem Fenster, gegenüber dem Schreibtisch, stand ein schwarz und bedeutungsvoll glänzendes Klavier, an allen Wänden klebten volle Bücherregale. Rechts neben der Tür befand sich ein großflächiger Fernsehschirm und in der Mitte des Zimmers ein niedriger, rechteckiger Tisch mit hellen, runden Stahlbeinen und dicker Glasplatte. An den Schmalseiten standen zwei Sessel aus dunkelrotem Leder und an der Längsseite eine breite, lange Couch aus dem gleichen Material. Der hellgraue Teppichboden war dunkel gesprenkelt. Der Fenstervorhang war von derselben Farbe und stand in der Mitte einen Spaltbreit offen. Die Innenjalousie war heruntergelassen.

»Schönes Stück, das Klavier, was?«, sagte WKL. »Ich bin natürlich kein Horowitz oder so jemand, aber man gibt sich trotzdem Mühe. Spielen Sie ein Instrument?«

Rick verneinte. Sein Blick wanderte zum Schreibtisch zurück. Richtig, da war ihm noch etwas aufgefallen. Auf dem Schreibtisch standen zwei gleich große Fotos in Postkartengröße, die in schmalen Silberrahmen steckten. Auffällig an ihnen waren die zwei schwarzen Trauerbänder, die quer über die oberen Ecken gespannt waren.

WKL, der Rick Jankowski auf eine unauffällige Weise nicht aus den Augen ließ, fragte: »Scotch, Bourbon oder Wodka? Empfehlen würde ich Ihnen den Bourbon, so einen bekommt man nicht alle Tage. Zwei Stückchen Eis?«

Rick nickte. »Ja, gern.«

»Manche Leute trinken ihn ja lieber warm, aber ich finde, zwei Stückchen Eis gehören einfach dazu.« WKL goss ein dickwandiges Glas halbvoll und reichte es Rick. »Warten Sie noch einen Moment, bis sich das Eis ein bisschen aufgelöst hat. »Er machte eine ausholende Handbewegung zu den Büchern an den Wänden. »Wenn Sie wollen, können Sie sich gerne was ausleihen.«

»Vielen Dank, darauf komme ich bestimmt zurück.«

»Sind Sie zufrieden mit Ihrem Zimmer?«

»Ja, danke.«

»Das freut mich. Sie sollen sich ja auch wohlfühlen hier. Setzen Sie sich doch, wir wollen endlich was trinken, Sie haben es sich redlich verdient heute.«

Sie prosteten sich zu und tranken. Rick blinzelte über den Rand seines Glases und sah zu, wie sein Chef den Bourbon in einem Zug hinunterschüttete. WKL räusperte sich kurz und fragte: »Na, wie ist er?«

»Stark und alt, würde ich sagen.«

»So ist es.« Ein Ausdruck wohliger Zufriedenheit erschien in WKLs Gesicht. »Herr Jankowski, ich möchte Ihnen noch mal sagen, wie sehr mir Ihr Verhalten heute Morgen gefallen hat.«

Rick Jankowski machte eine abwehrende Geste. »Nein, nein, lassen Sie nur«, sagte WKL, »im Übrigen ist allzu große Bescheidenheit auch eine Art von Arroganz.« Er machte eine Pause. »Sie haben mich neugierig gemacht. Ich würde gern mehr über Sie wissen. Was haben Sie denn schon so gemacht in Ihrem Leben?«

WKL hatte sich in einen Sessel gesetzt, schlug die Beine übereinander und zog an seiner Zigarre. Kurz darauf sprang er wieder auf und wanderte im Zimmer umher.

Rick Jankowski kam sich auf der großen Couch fast verloren vor und dachte, das, was Dr. Schupp von mir weiß, wird er auch wissen, also warum fragt er noch. »Ich hab schon alles Mögliche gemacht, und ich war noch nie besonders sesshaft.«

»Das unterscheidet uns«, entgegnete WKL, während er sich wieder hinsetzte. »Ich wechsle ungern meinen Standort, am liebsten mache ich meine Geschäfte von hier aus.« Er patschte mit der flachen Hand auf die linke Sessellehne. »Ich hasse es, auf Reisen zu gehen. Neulich musste ich nach Amerika, dringende Geschäfte, ließ sich leider nicht vermeiden. Grauenhaftes Land. Dieser Lärm, diese physische Aufdringlichkeit überall, mich schaudert's jetzt noch, wenn ich bloß dran denke. Und dann dieser ewig lange Flug! Eingepfercht wie in einem Beichtstuhl kam ich mir vor. Mir sind alle meine Sünden eingefallen, kann ich Ihnen sagen. Waren Sie mal da?«

Rick nahm einen Schluck Whisky und antwortete: »Ja,

ein paar Jahre lang sogar. Ich hatte Glück und bekam eine Arbeitserlaubnis.«

»Und? Womit haben Sie sich Ihre Hamburger und Hot Dogs verdient?«

Rick Jankowski verzog das Gesicht. »Am Anfang jede Woche was anderes. Später hatte ich dann einen Job, da musste ich angezahlte Autos suchen und zurückbringen, wenn die Käufer ihre Raten nicht pünktlich bezahlt hatten.«

»Mieser Job, was?«, sagte WKL mitfühlend.

»Das kann man wohl sagen. Und nicht ganz ungefährlich, hin und wieder. Manche haben sich mit Händen und Füßen dagegen gewehrt, ihr Auto wieder herzugeben, und ich musste es ihnen regelrecht klauen.«

WKL lachte kurz. »Na ja, bei mir ist es ja auch nicht ohne, das haben Sie ja schon gemerkt, nicht?«

»Heute Morgen, im Wagen, hatte ich das Gefühl, als wollten Sie nicht darüber sprechen«, sagte Rick Jankowski.

WKL warf ihm einen raschen Blick zu und schwieg. Dann griff er zur Flasche, schenkte sich nach und sagte nachdenklich: »Sie haben ganz recht mit dem, was Sie da sagen. Ich bin zu oft enttäuscht worden von den Menschen. Enttäuscht und getäuscht, kann man sagen. Ich habe allen immer zu leicht oder zu schnell vertraut und bin dabei zu oft auf die Schnauze gefallen. Ich bin älter geworden und habe inzwischen gelernt, das nicht mehr zu tun.«

Er tut plötzlich wieder so, als hätte ich mit diesem Gespräch begonnen, dachte Rick und war sich dabei nicht sicher, ob WKL sich dessen überhaupt bewusst war.

»Trinken Sie aus«, sagte WKL. »Sie kriegen noch einen,

der ist wirklich zu gut zum Stehenlassen. Um auf die USA zurückzukommen, diese plumpe Vertraulichkeit da, die Hemdsärmeligkeit nicht nur beim Reden, auch im Verhalten, mir ist das alles gründlich zuwider. Wie war denn Ihr Eindruck?« Seine Stimme hatte einen bohrenden Unterton. »Mit einem, der Ihnen das Auto wegnimmt, schließen Sie keine Freundschaft«, entgegnete Rick Jankowski. »Dazu kam, ich musste erst noch die Sprache richtig lernen, am Anfang konnte ich nur ein paar Brocken.«

»Richtig, Sie kommen ja ursprünglich aus der DDR«, sagte WKL.

Rick Jankowski nickte. Irrte er sich, oder war WKL bei dieser Feststellung reserviert geworden?

WKL unterbrach das Schweigen schnell wieder. »Zugegeben, der Hamburger ist eine praktische Sache, und in meinen kindischen Momenten gefallen mir sogar ihre Autos; trotzdem möchte ich da nicht leben müssen, um gar keinen Preis. Sie sind ja schließlich auch zurückgekommen nach Deutschland.«

Rick Jankowski nickte.

»Sind Sie in den letzten Jahren mal in Ostberlin gewesen, oder in der DDR?«

»Nein.«

»Würden Sie gern mal wieder hin?«

»Warum nicht, ich war lange nicht da.«

»Richtig. Es wäre sicher interessant für Sie, zu sehen, was sich alles verändert hat in der Zwischenzeit. Überhaupt: Wie finden Sie denn nun Deutschland, nachdem Sie so lange im Ausland waren?«

»Ich bin noch nicht sehr lange wieder hier und hab noch nicht allzu viel gesehen«, antwortete Rick zurückhaltend. »Meiner Meinung nach ist es ein trostloses Land, dieses Westdeutschland. Ein ödes Land. Überall herrscht eine seelische Versteppung. Alle leben eigentlich über ihre Verhältnisse, und man braucht kein Prophet zu sein, um vorauszusagen, dass sich das noch mal bitter rächen wird. Dabei ist Westberlin sozusagen noch die ehrlichste Stadt. Hier treten alle Widersprüche offener zutage, und damit meine ich nicht nur die politischen, die hier zum Teil aberwitzige Blüten treiben.« Er trank sein Glas aus.

»Trinken wir ein Bier zwischendurch, zum Runterspülen?«

»Gern.«

WKL öffnete zwei Bierflaschen und stellte sie auf den niedrigen Glastisch. »So, hier haben Sie auch ein Glas.«

»Danke.«

WKL legte den kalten Zigarrenstummel in den Aschenbecher und wandte sich zum Plattenspieler, der neben der Bar in das Regal eingebaut war. »Ich werde mal ein bisschen Musik machen«, sagte er und legte eine Platte auf. »Es ist die Sinfonie C-Dur von Richard Wagner, in der Aufnahme mit dem Niedersächsischen Staatsorchester. Ich weiß nicht, ob Sie Wagner mögen, ich jedenfalls höre ihn gelegentlich ganz gern.«

»Ich wusste gar nicht, dass es von Wagner eine Sinfonie gibt, aber ich kenne mich auch sonst nicht besonders aus in klassischer Musik«, entgegnete Rick.

WKL ging zum Schreibtisch, klappte die Zigarrenkiste auf, nahm sich eine neue Zigarre heraus, entfernte die Metallhülse und zündete sie pedantisch an. »Na, was ist, wollen Sie auch eine?«

»Eine Havanna ist natürlich verlockend, aber eigentlich habe ich aufgehört zu rauchen.«

WKL kicherte vor sich hin und sagte, so dass Rick es auch hören konnte, zu sich selber: »Er hat ›eigentlich‹ gesagt«, und direkt an Rick gewandt fuhr er fort: »Bei Genüssen sollte es keine Prinzipien geben, hier, nehmen Sie schon!« Er warf ihm eine Zigarre zu. Rick fing sie auf, zündete sie sich unter WKLs aufmerksamen Blicken an und ärgerte sich über sich selber, weil er sich hatte überreden lassen.

»Ich sehe, Sie rauchen nicht zum ersten Mal Zigarre«, sagte WKL. »Ich hasse es, wenn man achtlos mit wertvollen Dingen umgeht. Die sind sündhaft teuer hier, wo der Zoll drauf ist. Fritz bringt sie mir immer aus irgendeinem Duty-free-Laden mit, der ist ohnehin ständig auf Achse und hat leicht die Gelegenheit dazu.«

Es war nicht nur wegen dieser Bemerkung über Dr. Schupp oder wegen der Art, wie er sie gemacht hatte – plötzlich gingen Rick WKL und sein Gerede auf die Nerven.

Er rauchte einen Augenblick lang schweigend und hätte sich fast noch darüber geärgert, dass die Zigarre tatsächlich gut war. Er spürte das Bedürfnis, WKL zu provozieren, machte eine Handbewegung zu den beiden Fotografien auf dem Schreibtisch hin und sagte: »Ihre Familie?«

WKL ließ sich ächzend in den großen dunkelroten Ledersessel hinter seinem Schreibtisch fallen, und Rick Jankowski hatte einen Augenblick lang den grotesken Eindruck, als wolle WKL ihm auf diese Weise demonstrieren, dass er seine Frage als reichlich unpassend empfand. Dann aber griff er nach den beiden Fotografien, betrachtete sie lange und stellte sie schließlich wieder genauso hin, wie sie gestanden hatten. »Ja, meine Familie. Ich hatte eine Tochter. Auf dem anderen Foto ist meine Frau. Sie sind beide schon ein paar Jahre tot, ohne dass ich das begreifen kann; deshalb hab ich auch die schwarzen Bänder noch nicht abgenommen.«

»Tut mir leid.«

»Ich bitte Sie, es war ja nicht gestern. Ein blöder Verkehrsunfall übrigens.« WKL zog ein paarmal an seiner Zigarre und stand auf. »Trinken wir lieber noch einen. Ich kann halbleere Flaschen nicht leiden!« Seine Schritte waren nicht mehr ganz sicher. Er goss nach und sagte: »Ich rauche zu viel, und ich trinke zu viel. Früher hab ich auch noch Tabletten genommen, damit hab ich aber aufgehört, das schlaucht zu sehr. Ich wollte immer wach sein, ich hasste den Schlaf. Sie dagegen, Herr Jankowski, machen mir eher den Eindruck eines Mannes, der sich zu beherrschen weiß und der mit sich in der Balance ist.«

Rick Jankowski hob seine linke Hand mit der Zigarre, und ein Lächeln stahl sich in sein Gesicht, das von WKL bemerkt und erwidert wurde.

WKL setzte sich rechts von Rick in den Sessel, trank einen Schluck und sagte: »Meine Feinde behaupten, ich sei in allem so. Maßlos. Darauf kann ich nur entgegnen, ich habe auch mehr erreicht als andere. Wissen Sie, aus meiner Sicht ist das auch nicht mal ein Vorwurf. Das hieße ja, das genormte Verhalten anzuerkennen! Nein, damit habe ich nichts zu tun. Ich bin ein Einzelner, und für mich zählt nur der Einzelne. Mich geht kein Verhaltenskodex etwas an.« Er räusperte sich und trank einen Schluck. »Haben Sie mal Giordano Bruno gelesen? Den hat man wegen solcher Ansichten auf dem Campo de' Fiori in Rom verbrannt, heute steht er in jedem Lexikon. Und wie ist es heute? Heutzutage sitzen solche Männer im Gefängnis für ihre Ideen. Denken Sie dabei nur an südamerikanische Diktaturen oder die Länder des Ostblocks, die uns näher sind – da nennt man sie Dissidenten. Denken Sie nur an unsere unmittelbare Nachbarschaft, an die DDR. Sie sind doch selbst von dort, Sie wollten doch auch nicht bleiben.«

Er schwieg und trank einen Schluck.

Rick Jankowski fragte sich, worauf er hinauswollte.

WKLs Stimme senkte sich geheimnisvoll. »Herr Jankowski, ich habe Vertrauen zu Ihnen gefasst, deshalb ist es an der Zeit, dass wir Klartext reden. Vielleicht wird es Sie überraschen, aber ich möchte es Ihnen trotzdem sagen. Ich erwähnte eben die DDR; nun weiß man ja, dass es dort soundso viele Menschen gibt, die lieber hier leben würden. Und ist das nicht ihr gutes Recht? Das gelingt natürlich nur einer Handvoll von Leuten, deren Namen auch hier so bekannt sind, dass man sie lieber freiwillig in den Westen abschiebt, statt sie einzusperren, weil man sich damit eine Menge Ärger erspart. Dann gibt es welche, die in den Gefängnissen sitzen, weil sie den Mund zu weit aufgemacht haben oder weil sie bereits einen gescheiterten Fluchtversuch hinter sich haben, nicht so berühmte Namen. Denen bleibt nur, darauf zu warten, dass die Bundesregierung sie eines Tages freikauft. Aber das kann, wenn überhaupt, Jahre dauern. »Er stand auf, holte die Whiskyflasche von der Bar, schenkte wieder nach und prostete Rick Jankowski zu.

Rick spürte, wie ihm der Alkohol in den Kopf stieg und seine Glieder schwer machte. Er blickte WKL an. Der erwiderte seinen Blick und unterdrückte ein Kichern.

»Sie brauchen keine Angst zu haben, von diesem Zeug kriegen Sie garantiert keinen Kater.« WKL setzte sich wieder, musterte Rick mit einem kurzen, durchbohrenden Blick und sagte langsam: »Herr Jankowski, ich will Ihnen sagen, warum ich Ihnen das eben alles erzählt habe.« Er trank wieder einen Schluck, paffte an seiner Zigarre und fuhr nach einer kurzen Pause fort: »Es ist nämlich so, dass ich – gelegentlich – einzelnen Menschen helfe, von drüben nach hier zu kommen.« Er hob abwehrend beide Hände, als wolle er damit eine Frage abwehren, die Rick gar nicht ausgesprochen hatte. »Wenn Sie glauben, dass ich das des Geldes wegen tue, dann hätten Sie mich allerdings völlig missverstanden. Nein, vom Finanziellen her lohnt sich das kaum. Da geht es nicht ums Geschäft, da geht's mir nur darum, jemandem zu helfen. Wissen Sie, das ist schon absurd, für die, denen ich helfe, bin ich ein Wohltäter; für die im Osten ein Verbrecher, und hier im Westen wird man dafür grade so geduldet. Und dass das Ganze obendrein nicht ohne Gefahren ist, das haben Sie ja schon am ersten Tag bei mir gemerkt. Na los, nun sagen Sie was dazu.«

»Ich weiß nicht, das kommt etwas überraschend für mich«, entgegnete Rick.

»Wollen Sie jetzt etwa kündigen?«, fragte WKL belustigt.

»Nein, ich wusste nur nichts davon. Dr. Schupp erwähnte es nicht.«

»Das will ich meinen«, erwiderte WKL. »Wie auch immer, jetzt wissen Sie es, und ich würde mich freuen, wenn Sie trotzdem bleiben.«

»Ich bleibe«, sagte Rick mit etwas schwerer Zunge.

»Gut! Darauf trinken wir noch einen, her mit Ihrem Glas!«

Rick hielt ihm sein Glas hin. »Dann habe ich aber langsam genug.«

WKL blickte die Flasche an und schüttelte sie. »Immer noch was drin.«

Er stellte die Flasche wieder weg, ging auf unsicheren Beinen ein paar Schritte auf und ab und sagte: »Seit meine Frau tot ist, sitze ich hier praktisch alleine herum. Ich verlasse ungern das Haus und sitze hier herum und mache mir Gedanken. Das ist auch nicht immer lustig, kann ich Ihnen sagen, dabei lernt man sich selber besser kennen, als einem lieb ist.« Er blieb stehen, kehrte Rick den Rücken zu und wiederholte leise: »Nein, gar nicht so lustig.«

Es entstand eine längere Pause, die sich langsam mit Spannung auflud. Schließlich fuhr WKL fort: »Manche Menschen können ja überhaupt nicht mit sich allein sein, zu denen gehöre ich bestimmt nicht, und trotzdem wird es mir manchmal schwer.« Er drehte sich um und setzte sich wieder in den Sessel. »Egal, meine Sache! Sagen Sie, Herr Jankowski, wären Sie bereit, auch einmal eine Aufgabe bei einem solchen Unternehmen zu übernehmen?«

Rick zögerte. »Ich kann mir noch zu wenig darunter vorstellen.«

»Nun das ist ganz einfach. Sie gehen zu einem vorher verabredeten Zeitpunkt nach drüben, nach Ostberlin, nehmen dort mit einer bestimmten Person Kontakt auf und besprechen die Einzelheiten der Unternehmung. Danach kommen Sie wieder rüber und berichten. Weiter ist für Sie nichts zu tun. Sie haben dabei eigentlich kein Risiko, würde ich sagen, wenn die drüben Sie nicht gerade auf dem Kieker haben, und das ist doch nicht der Fall, oder?«

Rick Jankowski schüttelte den Kopf. »Nicht, dass ich wüsste. Dafür gibt es keinen Grund.«

»Umso besser«, sagte WKL, »dann haben Sie gar nichts zu befürchten. Ein Risiko würde ich Ihnen auch nicht zumuten wollen, da können Sie ganz sicher sein.«

Dafür bin ich aber nicht angestellt worden, dachte Rick und schwieg. Er dachte auch an Lilli und fragte sich, ob dies vielleicht ein Weg sein könnte, sie zu finden. Denn finden wollte er sie, das hatte er sich längst eingestanden.

WKL nahm sein Schweigen als Einverständnis und sagte: »Gut zu wissen, dass ich auf Sie zählen kann. Nehmen Sie noch einen Schluck?«

»Danke, ich hab noch.«

»Nur nicht so schüchtern, da ist noch eine Flasche.« WKL goss sich selber reichlich ein und trank.

Rick Jankowski stand auf und trat ans Fenster. Er klappte zwei Lamellen der Jalousie auf und blickte durch den schmalen Spalt hinunter auf die Straße. Draußen hatte ein dünnes, nasses Schneegestöber begonnen, und die Straßenlaternen brannten. Auf der Hasenheide war wenig Verkehr, und nur ein paar unentwegte Nachtschwärmer waren unterwegs zum *Casa Leon*, *Yamas* oder *Südstern*. Auf der gegenüberliegenden Straßenseite waren dicht hintereinander Wagen geparkt. Rick Jankowski kniff die Augen zusammen. Merkwürdig, einer davon war ein hellblauer Audi. Aber das Kennzeichen konnte er nicht erkennen, deshalb sagte er nichts.

»Kann ich auf Sie zählen?«, fragte WKL hinter seinem Rücken.

»Ja, das können Sie«, erwiderte Rick, ließ die Jalousie los und drehte sich um. »Ich glaube, ich habe genug. Ich werde jetzt schlafen gehen.«

»Gut, wie Sie meinen.« WKL erhob sich aus seinem

Sessel, wollte Rick zur Tür bringen, stolperte und fiel hin.

Rick Jankowski war mit zwei schnellen Schritten bei ihm und wollte ihm aufhelfen, WKL jedoch zischte: »Fassen Sie mich nicht an!«, und stand aus eigener Kraft wieder auf. Er öffnete die Tür und sagte mit plötzlicher Freundlichkeit, so als ob nichts gewesen wäre: »Na also dann, vielen Dank für Ihren Besuch und gute Nacht!«

»Gute Nacht.« Rick Jankowski trat hinaus in den Flur. Die Tür zu WKLs Zimmer fiel hinter ihm ins Schloss, und während er den Flur entlang zum Fahrstuhl ging, hatte er plötzlich das Bild vor Augen, wie WKL vor seinen Monitoren stand und ihn dabei beobachtete. Das Gefühl, das er dabei empfand, war nicht angenehm. Als er im Fahrstuhl stand und vor sich hin auf den Boden starrte, musste er den verrückten Impuls unterdrücken, der Videokamera eine Grimasse zu schneiden.

Endlich konnte er die Tür zu seinem Zimmer hinter sich schließen. Er ertappte sich dabei, dass er erst zur Zimmerdecke aufblickte, bevor er aufatmete.

9

Carmen Lehmann

Aussage

Von mir wird niemand etwas Schlechtes über Rick Jankowski hören, nicht von mir, ganz egal, was immer man ihm vorwerfen mag. Ich gebe zu, ich hatte ihn gern. Was heißt hier hatte. Ich habe heute noch Herzklopfen, wenn ich an ihn denke. Und obwohl er, glaube ich, ein reiner Tor ist. Andererseits, findet man die denn heute noch so oft? Natürlich weiß ich, dass solche Gedanken heute so sinnlos sind wie damals. Denn er hatte nur seine Lilli im Kopf, und da ist sie wahrscheinlich noch immer. In seinem Kopf. Er ist nämlich ein sturer Kerl, der Rick Jankowski, stur und eigensinnig und – aber das gehört eigentlich gar nicht hierher.

Ich wusste natürlich, dass Dr. Schupp unmittelbar nach Karls Tod, der bis dahin WKLs »Fahrer« gewesen war, eine Annonce aufgegeben hatte und nach Hamburg gefahren war, um sich die Bewerber anzusehen, schließlich hatte ich ihm ja das Flugticket bestellt; denn WKL war zu diesem Zeitpunkt begreiflicherweise überhaupt nicht mehr dazu zu bewegen, auch nur das Haus zu verlassen, geschweige denn zu verreisen. WKL hatte noch einen Grund, Dr. Schupp allein loszuschicken. Abgesehen von seiner Abneigung, aus dem Haus zu gehen, hielt er sich damit nämlich die Chance offen, Fritz Schupp verantwortlich zu machen, falls der neue Mann seinen Erwartungen nicht entsprach. »Ich habe volles Vertrauen zu dir, Fritz, du weißt ja, was wir brauchen.« Wenn Dr. Schupp »sein Vertrauen enttäuschte«, was gelegentlich vorkam, dann schmollte WKL tage- oder wochenlang, und ich durfte zwischen den beiden hin- und herrennen und vermitteln.

Selbstverständlich war mir bekannt, was WKL für Geschäfte machte. Sie waren ja nicht direkt verboten, jedenfalls hier im Westen nicht. Meine Mitwirkung dabei hielt sich in sehr engen Grenzen. Ich habe für ihn das Telefon bedient, seine Briefe geschrieben und die Buchhaltung gemacht. Er, WKL, war immer sehr eigen und geheimnistuerisch mit seinen Angelegenheiten; unvorstellbar, dass er irgendjemand anders als eine Person aus seinem engsten Kreis damit beauftragt hätte, seine Buchführung oder seine Steuererklärung zu machen, dazu war er viel zu misstrauisch gegenüber Menschen, die er persönlich nicht genau kannte. Zwar konnte er auch ganz sprunghaft Vertrauen zu jemandem fassen, obgleich ich es noch nicht oft bei ihm erlebt habe, aber er konnte auch ebenso gut rein instinktiv jemanden auf den ersten Blick hin ablehnen, ganz ohne Grund. In einem solchen Fall war gar nichts mehr zu machen, da war der Ofen aus. So aber war es ihm mit Rick Jankowski anscheinend nicht gegangen. Zu ihm schien er ziemlich schnell Vertrauen gefasst zu haben, wie ich bald erfuhr. Schon am zweiten Tag nach seiner Abreise rief Dr. Schupp aus Hamburg an und sagte, er hätte den richtigen Mann gefunden, ihm traue er zu, WKLs Erwartungen erfüllen zu können. So ähnlich hat er sich jedenfalls ausgedrückt. Immer, wenn er mir klarmachen wollte, dass irgendetwas ganz besonders wichtig war, dann wurde er pathetisch, und seine Stimme bekam einen salbungsvollen, pastoralen Unterton. Ich musste dann eigentlich immer kichern, aber das ließ ich ihn natürlich nicht merken, das hätte er, glaube ich, nicht verkraftet. Er mochte so was nicht, der Dr. Schupp; er nahm alles immer gleich so persönlich. Auch hätte ich manchmal Pickel kriegen können vor Abscheu, wie er WKL nach dem Munde redete, so richtig schleimig.

Wie gesagt, er rief aus Hamburg an, und da WKL mal wieder nicht ans Telefon ging, bat er mich, ihm zu sagen, er hätte den richtigen Mann gefunden.

Eine etwas merkwürdige Firma war das schon, in der ich damals gearbeitet habe, und oft genug hatte ich auch ein schlechtes Gewissen deswegen. Nämlich immer dann, wenn ich mitbekam, dass etwas schiefgegangen war, und ich mich fragte, was mit diesen Menschen jetzt passierte. Die kamen doch auf Jahre ins Gefängnis! Seine Immobiliengeschäfte, die brachten ihm das große Geld; das andere war das, was ihm wirklich am Herzen lag. Dies also vorweg.

Was die Menschen betrifft, so kann ich es gut verstehen, wenn sich jemand in seiner Abneigung oder Zuneigung ganz nach seinem Instinkt richtet, so wie WKL es getan hat. Mir ging's mit Rick Jankowski genauso. Zwar hatte er so eine Art Boxernase, wodurch er vielleicht ein wenig brutal wirken mochte, aber in seinen Augen war etwas, das mir gefiel. Beschreiben könnte ich es nicht, es war mehr ein Gefühl – gleich als er so zur Tür hereinkam und seinen Namen sagte. Seine kurzgeschorenen Haare wurden an den Schläfen schon ein wenig grau, aber das bemerkte man nur bei genauerem Hinsehen.

Und er hatte nicht die geringste Ahnung, worauf er sich einließ, das sah ich ihm an der Nase an.

Schon an seinem dritten Tag in der Firma hatte Rick Jankowski Geburtstag, das wusste ich aus seinen Personalpapieren, und am Spätnachmittag, es war so gegen halb sechs, schnappte ich mir eine Flasche Dom Pérignon, die ich mir vorher unten im Supermarkt besorgt hatte, und klopfte an seine Tür.

»Herein!«

»Schließen Sie nie Ihre Tür ab?«, fragte ich.

»Dann käme ich mir ja endgültig vor wie im Knast hier«, sagte er.

Ich musste lachen. »Herzlichen Glückwunsch zum Geburtstag und so.« Ich gab ihm die Flasche.

Er nahm sie und sagte: »Vielen Dank. Sehr aufmerksam von Ihnen.«

»Ja, das finde ich auch. Wollen wir sie nicht aufmachen, sie kommt gerade aus dem Kühlschrank.«

»Gern. Sie kriegen das Bierglas und ich die Tasse, einverstanden?«

»Wir können ihn auch aus der Flasche trinken.«

Er blieb stehen, lächelte kurz und erwiderte: »Sie haben wohl auf jeden Pott einen Deckel, was?«

Darauf sagte ich, wie das so meine Art ist: »Ich weiß, dass ich nicht auf den Mund gefallen bin.« Ich fürchte, es klang ein bisschen schnippisch.

Rick Jankowski ging in seine Kochnische und kam mit einem Handtuch wieder. Es sah nicht besonders geübt aus, wie er die Flasche entkorkte, aber immerhin brachte er es fertig, dass der Korken nicht an die Decke sprang, was WKL im Stockwerk über uns womöglich an ein Attentat hätte denken lassen. Ich bekam das Bierglas, er hob die Tasse, und ich sagte: »Hoch die Tassen!«

Wir tranken. So was schmeckt mir auch im Bierglas.

»Scheint so, als ob Sie heute gute Laune hätten«, sagte Rick Jankowski und sah mich an dabei.

Ich blickte in mein Bierglas mit dem Champagner. »Ich weiß noch nicht. Das kommt ganz auf Sie an.«

»Was? Wieso denn das?«, sagte er in gespieltem Ernst.

»Haben Sie heute Abend schon was vor?« Ich fiel glatt mit der Tür ins Haus, und um das ein wenig abzuschwächen, fügte ich hinzu: »Oder haben Sie grundsätzlich etwas dagegen, in Gesellschaft zu feiern?«

Er trank einen Schluck, bevor er antwortete: »So verschroben bin ich nun auch wieder nicht, dass ich nur mit mir selber anstoßen würde.«

»Haben Sie eine Zigarette?«

Er schüttelte den Kopf.

»Haben Sie wenigstens Hunger?«

»Nicht sehr.«

»Also ja. Dann laden Sie mich von Ihrem Vorschuss zum Essen ein. Wir werden ein paar Schritte an der frischen Luft gehen, das fördert den Appetit. Einverstanden?«

»Einverstanden.«

»Was wollen Sie essen?«

»Pizza.«

»Pizza!«

»Ich esse nun mal gern Pizza, aber wir können auch gern woanders hingehen. Machen Sie einen Vorschlag!«

»Nein, nein, Pizza! Ich habe ja gar nichts dagegen. Das *Il Gufo* ist eine Viertelstunde von hier. Oder ist Ihnen das zu weit? Es regnet nicht, es schneit nicht, es ist nur matschig draußen.«

»Gut, gehen wir dort hin.«

Im Fahrstuhl, unter dem Blick des Fernsehauges, kam er mir sichtlich gehemmt vor.

»Sie werden sich dran gewöhnen«, sagte ich. »Ich hab mich auch dran gewöhnt.«

Er warf mir einen kurzen Blick zu und schwieg. Als wir draußen waren, sagte ich: »Er sitzt oben tatsächlich davor und schaut sich das an, wissen Sie das?«

Er nickte. »Ich weiß, ich habe Ihren Friseurzettel gesehen.«

»Was, Sie waren bei ihm oben? Das verschlägt mir ja fast die Sprache!«

»Das glaube ich kaum.« Er lächelte.

»Doch, das ist ganz ungewöhnlich, dass er jemanden so schnell ins Vertrauen zieht. Was haben Sie denn gemacht, ist irgendetwas passiert, als Sie mit ihm weg waren?«

»Ach, er ist einfach ein einsamer Mann, glaube ich.«

»Ja, ja, natürlich.«

»Im Ernst.«

»Ich weiß. Ich glaube, ich kenne ihn nur schon zu lange und zu gut, das ist alles.« Er sagte nichts darauf, und ich fügte hinzu: »Ich will ihn gar nicht schlechtmachen oder so was. Er kennt mich, und er weiß, was ich denke.«

Wir gingen die Hasenheide in Richtung U-Bahnhof entlang. Der Schnee begann von den Bäumen zu tauen, und die von den Schneepflügen zusammengeschobenen Schneewälle am Rande der Fahrbahn sanken vor Nässe in sich zusammen. Es war nicht mehr ganz so kalt wie an den vergangenen Tagen, und die Abendluft war angenehm frisch.

»Was Sie aber garantiert nicht wissen, ist, dass er sich manchmal selbst aufzeichnet. Vielleicht ist Ihr Besuch bei ihm auch auf diese Weise festgehalten. Nun, wie finden Sie das?«

Rick Jankowski sah mich erstaunt an. »Ich habe keine Videokameras in seinem Zimmer gesehen.«

»Sie sind versteckt. Ich finde das einfach krank.« Ich holte tief Luft. »Ah, das tut gut, mal aus Klein-Stammheim rauszukommen.«

»Stammheim?«, fragte er.

»Ja, Stammheim. Das ist ein Spezialgefängnis für Terroristen, eine Sonderanfertigung mit Hochsicherheitstrakt. Sagen Sie bloß, Sie wissen nicht, dass deutsche Terroristen inzwischen Weltniveau haben. Lesen Sie keine Zeitungen?«

»Selten. Und im Ausland hab ich keine deutschen Zeitungen gelesen.«

»Merkwürdig. Hat es Sie denn gar nicht interessiert, was hier in Deutschland los war?

Er schüttelte bloß den Kopf, und ich wusste nicht, was ich darauf sagen sollte. »Es wird immer noch geredet, dass sie nicht Selbstmord gemacht haben, sondern umgebracht worden sind.«

»Was denken Sie?«, fragte er.

»Ich weiß es nicht. Ich weiß nicht, was ich denken soll, und ich finde, das allein ist schlimm genug. Meinen Sie nicht auch?«

Rick Jankowski schwieg.

Wir gingen die Körtestraße entlang. Auf der anderen Seite war ein Automatensalon, und er sagte plötzlich: »Ich hätte Lust zum Flippern. Sie auch?«

»Warum nicht? Es ist Ihr Geburtstag.«

Die *Halle* war ein leer geräumtes Wohnzimmer zur Straße hin, und innen drin standen Flipper, Automaten und elektronische Geschicklichkeitsspiele an den Wänden, wie zum Beispiel »Raumschiffe abschießen«, und in der Mitte ein Poolbillardtisch. In einer Ecke stand ein quergestellter Schreibtisch, dahinter saß ein Rentner mit Wechselgeld, Pulverkaffee und der Bildzeitung. Wir spielten an einem Flipper, der *Corgar* hieß, und immer, wenn man was Hochkarätiges getroffen hatte, röhrte eine elektronisch verzerrte Stimme los: »Corgar! Corgar!« oder: »I got you!« Auf dem bunten Glas war ein monströser Unhold aus einem Alptraum abgebildet, der nur aus strotzenden Muskeln, Tigerfangzähnen und einem scheckigem Fell bestand. Er machte sich gerade über eine ebenso spärlich bekleidete Blondine mit Atombusen her.

Rick Jankowski war recht geschickt und schien auch Übung zu haben. Auf jeden Fall hatte er eine Menge Spaß dabei. Der Rentner hinter seinem Schreibtisch beachtete uns nicht. Das kam wohl häufiger vor, dass zwei erwachsene Menschen mit kindlicher Freude am Flipper spielten. Am Billardtisch mühten sich ein paar junge Türken mit den Kugeln ab und diskutierten dabei pausenlos mit Händen und Füßen, und an einem der Glücksspielautomaten, die an den Wänden hingen, stand eine alte Frau und steckte Groschen um Groschen hinein. In der linken Hand hielt sie einen Flachmann mit irgendeinem billigen Fusel fest, aus dem sie gelegentlich trank.

Wir spielten dort vielleicht eine halbe Stunde, dann gingen wir wieder. Beim Hinausgehen schepperte plötzlich der Groschenautomat los und warf einen Haufen Groschen aus. Die alte Frau kreischte laut auf vor Freude und tanzte von einem Bein aufs andere im Kreis herum, während die Groschen aus dem Zahlteller des Automaten, der die Menge nicht mehr fassen konnte, um sie herum auf den Boden sprangen. Der Rentner mit dem Wechselgeld legte seine Zeitung weg, nahm seine Brille ab und sagte: »Na so wat!«, und ich sah Rick Jankowski lächeln, was ihn entschieden lockerer wirken ließ.

Wir gingen weiter. In der Gegend um die Kohlfurter Straße herum sind reihenweise alte Mietshäuser abgerissen worden, und an manchen Stellen sieht es aus wie nach dem Krieg. Anstelle der alten Häuser waren schon einige Wohnbauklötze aus Beton errichtet worden, die grau und bedrückend in der Gegend herumstanden.

Die meisten Fenster der Häuser, an denen wir vorbeigingen, waren hell erleuchtet.

Aus vielen geöffneten Fenstern und Lokalen drang türkische Musik. Auf der Straße herrschte lebhafter Verkehr, und auf den Bürgersteigen waren viele Menschen unterwegs. »Willkommen in Klein-Istanbul!«

»Ich würde mich hier kaum noch zurechtfinden«, sagte Rick Jankowski, »zu viel hat sich verändert.« Wir kamen an einer türkischen Imbissbude vorbei, in deren Auslage ein knöcherner Lammschädel mit vertrocknetem Fleisch lag. Die Augen waren noch drin.

»Kreuzberg wird dem Erdboden gleichgemacht, und dann kommen schnell hochgezogene Neubauten, die so aussehen wie diese da. Haben Sie die leerstehenden, zugenagelten Häuser in der Straße gleich hinter dem Kanal gesehen? Die Häuser werden nicht mehr vermietet, man lässt sie planmäßig verrotten. Ganze Stadtteile sind in der Hand von Spekulanten.« Ich sah ihn prüfend an. »Ich weiß nicht, ob ich das sagen sollte, aber ich tu es trotzdem. WKL gehört auch dazu.«

Er sah mich von der Seite an und schwieg. Nach einer Weile sagte er: »Gibt es keinen Widerstand dagegen?«

»Doch, den gibt es. ’ne ganze Menge Leute machen was, Häuser werden besetzt und instand gesetzt, und in der Bevölkerung wächst die Sympathie dafür. In Berlin ist an allen Ecken was los, wissen Sie.« Er schwieg wieder und überraschte mich dann mit der Frage: »Mauert sich WKL deswegen so ein, hat er Angst vor Leuten, die er auf die Straße gesetzt hat?«

»Vor denen auch.«

»Ist schon mal was passiert?«

Ich nickte. »Das erzähle ich Ihnen später. Und überhaupt, was ich Ihnen über WKL sage, das bleibt unter uns, klar?«

Er nickte bloß, als sei das für ihn wirklich selbstverständlich, und sagte: »Kennen Sie sein Zimmer?«

»Ja. Aber ich war schon lange nicht mehr bei ihm oben.«

»Ich wüsste gern mehr über ihn. Um ihn besser zu verstehen, vielleicht«, sagte Rick Jankowski.

»Um ihn besser zu verstehen? Wozu?«, fragte ich in etwas zu scharfem Ton. »WKL hat sich die Umstände, in denen er lebt, selbst geschaffen. Er hat das schon verdient, glauben Sie mir«

»So jemandem wie ihm bin ich noch nie begegnet.«

Ich lachte. »Das glaube ich Ihnen aufs Wort.«

Ein Sightseeing-Bus fuhr an uns vorbei.

»Haben Sie schon mal türkisch gegessen?«, fragte Rick Jankowski.

»Ja, öfter. Es ist preiswert und gut. Wollen Sie jetzt vielleicht lieber türkisch?«

»Nein, nein, Pizza.«

Ich lachte. »Ich glaube, Sie haben doch schon einen Schwips.«

Er lächelte kurz. »Schon möglich. Also erst Pizza und dann Tee und einen türkischen Nachtisch, einverstanden?«

»Süßes, klebriges, von Honig triefendes Gebäck, schmatz!«, sagte ich, »und das bei meinen ohnehin schon massiven Formen. Rücksicht auf meine Linie nehmen Sie jedenfalls nicht.«

»Ach, Unsinn.«

»Na, hören Sie mal! Die Zeiten, als die Sanduhrformen modern waren, sind vorbei!« Sie deutete auf ihren grauen Rock und fügte hinzu. »Rosa trägt so auf, deshalb tragen Elefanten Grau. Außerdem haben Sie gut reden, so spack wie Sie sind.«

Er sah mich beinahe versonnen an. »Spack. Wie lange habe ich dieses Wort nicht gehört. Meine Großmutter hat das immer gesagt: ›Junge, du bist ja wieder so spack, du musst mehr essen.‹ Nach dem Tod ihres Mannes bewirtschaftete sie den Hof allein. Sie stand jeden Morgen um vier Uhr auf und war eine sehr resolute Person, alle hatten mächtigen Respekt vor ihr.«

»Sie auch?«

»Und ob! Sogar meinen Vater hat sie eingeschüchtert, und der war bestimmt nicht so leicht zu beeindrucken.«

»Haben Sie Ähnlichkeit mit ihm?«

»Mit meinem Vater? Äußerlich kaum. Er ist schon lange tot.«

»Lebt noch jemand von Ihrer Familie?«

»Nur meine Großmutter. Ich schreibe ihr zweimal im Jahr. Sie ist jetzt zweiundneunzig und antwortet mir jedes Mal.«

»Jetzt müssen wir uns rechts halten, wir sind gleich da.«

Wir betraten das Lokal. Raffaele steckte den Kopf aus der Küche und begrüßte mich. Michelangelo stand an der Kaffeemaschine und lächelte mir zu. »Sie waren schon öfter hier«, sagte Rick Jankowski.

»Hab ich doch vorhin schon gesagt.« Wir fanden hinten in der Ecke einen freien Tisch und setzten uns. »Sie heißen Raffaele und Michelangelo, die beiden. Sie stammen aus den Abruzzen und sind nicht nur sehr nett, sondern machen auch eine prima Pizza, Sie werden sehen. Nach Feierabend kommen sie oft noch ins *Yamas*, das ist auch in der Hasenheide, da liefern wir uns dann Gefechte am Flipper. Das Lokal führt ein Grieche namens Dimitri, er hat die ganze Nacht lang geöffnet und ist im Schach und Tavli schwer zu schlagen, ich schaff's jedenfalls nicht. Wenn Sie mögen, können wir nachher ja noch hingehen.«

»Gerne, ich bin zu allem bereit.« Er schien plötzlich gute Laune zu haben. »Und was machen wir nach dem türkischen Nachtisch? Berlin bei Nacht?«

Seine plötzliche Fröhlichkeit wirkte ansteckend auf mich. »Warum nicht, wenn Sie Lust haben?«

»Ja, warum nicht. Sie kennen sich doch sicher gut aus.«

»Hören Sie zu«, sagte ich, »Berlin war schon immer eine lebenslustige Stadt. Im Lauf der Zeit ist da zwar mehr Galgenhumor hinzugekommen, aber abends sind alle fünftausend Kneipen in Berlin voll. Es ist, als ob sich die Menschen geradezu panisch zusammendrängen, weil dann das Gefühl, eingekreist, eingebunkert zu sein, nicht so bedrückend oder wenigstens leichter zu ertragen ist. Wenn Sie erst mal wieder lange genug hier leben, werden Sie es selber merken, ich meine den Berlin-Koller. Ein Anzeichen ist, dass man anfängt, ständig davon zu sprechen, von der Stadt, ihrer Lage und der Atmosphäre hier. Es hieß ja immer, ab 1968 sei hier nichts los gewesen, aber das stimmt nicht. Was trinken wir?«

Wir tranken Sekt zur Pizza. Raffaele kam aus der Küche an unseren Tisch, wischte sich die Hände an der Schürze ab und klatschte Beifall. Die Pizza »mit allem« und »nach Art des Hauses« war so gut, wie ich es ihm versprochen hatte; knusprig am Rand und in der Mitte nicht zu trocken. Rick Jankowski blieb bei aller Freundlichkeit immer noch irgendwie auf Distanz.

Nach einer längeren Pause, in der ich ihn gelegentlich betrachtet hatte, sagte ich: »Warum haben Sie eigentlich im Ausland keine deutschen Zeitungen gelesen? Weil es keine gab, oder weil Sie sich nicht dafür interessierten?«

»Beides. Aber das ist eine lange Geschichte, die mit meinen Anfangserfahrungen in Westdeutschland zusammenhängt.«

»Macht nichts, wenn Sie nicht darüber reden wollen.«

»Ich fürchte, es könnte mir vielleicht doch die Laune verderben.«

Er blickte auf die Reste seiner Pizza und schwieg. Wie ich ihn so ansah, hatte ich das Gefühl, er beschäftige sich in Gedanken wieder mit WKL, und sprach diese Vermutung auch aus.

»Sie haben recht«, entgegnete er.

»Hat er eigentlich immer noch die Trauerschleifen um die Familienfotos?«

»Ja. Muss ein schwerer Schlag für ihn gewesen sein, dieser Unfall.«

»Oh, Sie meinen seine Tochter? Ja, das war allerdings

ein schwerer Schlag für ihn. Was nicht heißen soll, dass es da so etwas wie ein harmonisches Familienleben gegeben hat. Aber an seiner Tochter hat er wirklich gehangen. Jeder, der sie kannte, mochte sie. Seine Frau ist ein anderes Kapitel.«

»Sie wollen sagen, sie ist nicht bei dem Unfall mit ums Leben gekommen.«

»Ja. Der Tod seiner Frau ist ihm peinlich. Deshalb zieht er eine andere Version vor.«

»Woran ist sie denn gestorben?«

Ich redete nicht gern darüber, aber nun hatte ich damit angefangen. »Sie hat sich das Leben genommen. Davon spricht er nicht. Wollen Sie noch Eis hinterher?«

Er winkte ab. »Lieber türkischen Honig.«

Er bekam die Rechnung, zahlte, und wir gingen. Draußen war es kühler geworden. Auf dem Hochbahngerüst ratterte ein Zug vorbei. Der Himmel war dunkel und hoch oben, und ich fror an Händen und Füßen.

Ich hakte mich bei Rick Jankowski ein, er blickte mich überrascht an, und so gingen wir zusammen die Skalitzer Straße zurück in das türkische Lokal.

»Was halten Sie davon, wenn wir uns anschließend wirklich noch ein bisschen rumtreiben? Mit anderen Worten, ich würde den ernsthaften Teil des Abends eigentlich gerne beenden.«

Er lächelte und sagte: »Ich weiß nicht, ob Ihnen das mit mir gelingt.« Er hatte ein einnehmendes, warmes Lächeln, das ganz verstohlen irgendwo in seinem Gesicht begann und sich dann um die Augen und den Mund herum weiter ausbreitete. Es gefiel mir, sein Lächeln.

In dem türkischen Lokal bekamen wir, was wir wollten, und saßen mit einer türkischen Familie am Tisch.

Die junge Frau hatte ein Kind auf den Knien und fütterte es vom Teller. Sie war eine Schönheit mit kühner Nase und lebhaften dunklen Augen. Wir tranken Tee, und Rick Jankowski betrachtete den Wandschmuck, der dort überreichlich hing. So zum Beispiel ein Hirschkopf mit Geweih, ganz aus Plastik, altertümliche Gewehre, Säbel, gekreuzte Pistolen, aber auch üppig verzierte Spazierstöcke, eine Laute oder Mandoline und jede Menge bunter Teller mit folkloristischen Motiven. Der Raum war warm und lebendig.

Wir hielten uns dort nicht lange auf.

Der *Dschungel* ist eine Art Nachtlokal, das natürlich erst abends öffnet, ich glaube um zwanzig Uhr. So richtig was los ist da eigentlich erst ab Mitternacht. Es liegt zwischen Gedächtniskirche und Wittenbergplatz in der Nürnberger Straße. Von außen ist es als Lokal kaum zu erkennen, wenn nicht meistens Grüppchen davor stünden, die dort auf Einlass warten. Ein Namensschild gibt es nicht.

Wir stiegen aus dem Taxi, und ich sagte: »Sieht so aus, als ob es voll ist, dann ist es immer ganz lustig.« Der Schwarze an der Tür musterte uns. Er trug einen hautengen, pinkfarbenen einteiligen Anzug mit vielen Reißverschlüssen, grinste mich an und ließ uns hinein. Wir gaben unsere Mäntel an der Garderobe ab, und ich bemerkte, wie Rick Jankowski erstaunt blinzelte. Aus den Lautsprechern kam eine Musik wie von stampfenden Maschinen, krachend lauter Roboter-Rock-'n'-Roll, der das Trommelfell erzittern lässt und den man jetzt mit irgendeinem neuen Modewort verkauft. Grelle Neonbeleuchtung machte den Raum taghell. Aus einem Springbrunnen von etwa einem Meter Durchmesser sprudelte Wasser, und der Fußboden war mit kleinen quadratischen Mosaiksteinchen ausgelegt. Das Ganze hatte etwa die Atmosphäre einer überfüllten, gepflegten Flughafentoilette. Alle Tische waren besetzt, die Leute standen dicht an dicht, und es herrschte ein mächtiges Gedränge. Unter den betont gleichgültigen Blicken der Gäste, die zum Teil abenteuerlich verkleidet waren, versuchten wir, uns zur eng belagerten Bartheke durchzudrängeln, kamen aber nur bis zum Springbrunnen. Ein paar Schritte weiter führte eine Wendeltreppe nach oben. An ihrem oberen Ende befand sich eine Bar für Milchshakes und Eis, aber, wie gesagt, so weit kamen wir gar nicht.

»Was wollen Sie denn trinken?«, fragte ich.

»Was haben Sie gesagt?«

Ich brachte meinen Mund dicht an sein Ohr und sagte: »Ach was, ich frage Sie gar nicht, ich hole uns einen Dschungelcocktail.«

»Lassen Sie mich das machen«, sagte er.

Ich winkte ab. »Bis Sie hier was kriegen, sind wir längst verdurstet. Bleiben Sie stur hier stehen, und halten Sie mir ein Plätzchen frei.«

Ich kämpfte mich zur Bartheke durch und kam heil mit den Getränken zurück. »Prost also.«

Er roch daran und fragte: »Was, um Himmels willen, ist denn da drin?«

Über seinen Gesichtsausdruck musste ich lachen. »Ich weiß es nicht genau, aber ich glaube, es ist Escorial grün mit Tequila und noch irgendwas.« Er sah ganz erschrocken aus. Ich trank mein Glas ziemlich schnell aus, er übrigens auch, und das war wohl ein Fehler, weil Alkohol meine ohnehin schon lose Zunge noch lockerer macht. Ich meine, ich fing an zu reden. Das heißt, ich fing mit einem Geständnis an. Obwohl es ihm gegenüber genau genommen eigentlich keinen Grund dafür gab, empfand ich es so. Es begann damit, dass ich unvermittelt sagte: »Damit Sie es von *mir* wissen, ich hatte ein Verhältnis mit WKL, und seine Frau wusste das. Aber sie hat sich nicht deswegen das Leben genommen, sie hatte es vorher schon öfter versucht. Sie war eine schwerkranke Frau und litt unter Melancholie. Ich weiß, dass ich ihretwegen keine Schuldgefühle zu haben brauche, und ich mache mir auch keine. Los, wir trinken noch so einen Urwaldcocktail!«

»Wenn das man gutgeht«, sagte er.

Ich zuckte die Achseln. »Und wenn nicht, was soll's.« Ich nahm ihm sein leeres Glas ab und kämpfte mich wieder durch zur Theke. Manche Leute hier sahen aus, als wären sie direkt von einer Pyjamaparty hierhergekommen, andere wirkten wie von einem anderen Planeten, mit grünen Haaren und farbigen Sonnenbrillen mit Spiegelgläsern. Merkwürdig, dachte ich, Rick Jankowski hatte eigentlich gar nicht reagiert auf das, was ich ihm gesagt hatte; tat er nur so ungerührt, oder berührte es ihn wirklich nicht? Ich nahm mir vor, das rauszukriegen. Wir tranken den nächsten Dschungelcocktail, und ich sagte: »Jetzt sind Sie schockiert, was?«

»Wieso denn das?«

»Sie wissen schon – was ich Ihnen eben erzählt habe.«

Er lächelte plötzlich und sagte: »Ach so einer, denken Sie, bin ich? Aber Carmen!« Er sagte das in einer Mischung aus Belustigung und Ironie.

»Na ja, ich weiß nicht, wie ich dran bin mit Ihnen.«

»Sie sind ehrlich«, entgegnete er immer noch mit

Lachfältchen um die Augen, »tut mir leid ...« Den Rest verstand ich nicht.

»Was tut Ihnen leid?«

Er lachte und deutete auf seine Ohren: »Zu laut hier, lassen Sie uns woanders hingehen.«

»Womöglich müssen wir uns da unterhalten!« Ich weiß nicht, ob er nun seinerseits mich nicht verstanden hatte oder ob er es vorzog, nur so zu tun.

Deshalb wiederholte ich nicht, was ich gesagt hatte, sondern fuhr fort: »Erst austrinken!«

Er kippte den Inhalt seines Glases hinunter und ich auch. Wir gingen.

»Wie fanden Sie den Cocktail?«

»Einerseits hat es so geschmeckt, als ob etwas Gesundes drin gewesen wäre, aber andererseits ...«

»Und über das Publikum sagen Sie gar nichts?«

Er zuckte die Achseln. »So was hab ich eigentlich überall in den Großstädten gesehen, man könnte sie glatt austauschen und würde sie nur noch an der Sprache erkennen.«

Ich hakte mich bei ihm ein. Wir gingen die Nürnberger Straße in Richtung Tauentzien entlang. Die Luft roch nach Schnee und Abgasen. Der Abend hatte gerade erst angefangen.

»Warum will WKL eigentlich niemandem die Hand geben?«, fragte er.

»Hat er Ihnen das nicht gesagt? Weil er Angst vor Bazillen hat.«

»Das hat er allerdings gesagt.«

»Er meint es auch so. Zur Verdeutlichung eine kleine Geschichte. Ich war mal mit WKL auf Geschäftsreise. In Frankfurt. Das Hotel hatte ich von Berlin aus vorbestellt.

Es war kein besonders gutes, es war das, was ich gerade noch kriegen konnte, da war irgendeine Messe. Also, wir kamen an, trugen uns ein und gingen in unsere Zimmer. Seins lag neben meinem. Falls Sie sich fragen, warum wir zwei Zimmer genommen haben: Er kann nicht schlafen, wenn er nicht allein ist. Ich packe also meine Sachen aus, plötzlich höre ich von nebenan Geschrei. Im nächsten Augenblick geht meine Tür auf, und WKL steht da mit kalkweißem Gesicht. ›Komm mal mit rüber und sieh dir das an!‹, sagte er ganz kalt und ruhig.

Ich folgte ihm. In seinem Zimmer, beim Bett, stand eine Frau in einem hellblauen Kittel mit dem Namenszug des Hotels auf der Brust. Sie hatte gerade das Bett frisch bezogen, und es war offensichtlich, dass sie die ganze Aufregung nicht verstand. Ihren Sprachbrocken entnahm ich, dass sie Jugoslawin war. Ich starrte sie an und begriff erst gar nicht. Bis ich ihre Hände sah. Sie trug an einer Hand einen Gummihandschuh.«

»Was passierte dann?«

»Na, ich musste wieder alles einpacken. Wir verließen sofort das Hotel und fuhren einen halben Tag lang in der Gegend herum, bis wir endlich in Bad Homburg noch eins fanden. Wie finden Sie das?«

»Ein bisschen übertrieben.« Er blieb stehen. »Ich bin übrigens vollkommen betrunken.«

»Erstens glaube ich Ihnen das nicht, und zweitens macht es nichts, weil wir kein Auto dabeihaben.«

»Doch«, beharrte er, »macht doch was.«

»So, was denn?«

»Es besteht die Gefahr, dass ich sentimental werde.«

»Das wäre allerdings furchtbar«, entgegnete ich, auf seinen Ton eingehend. »Und wohin gehen wir jetzt?«

»Sie sind der Fremdenführer.«

»Wollen wir noch ein bisschen laufen, ist vielleicht ganz gut für Ihren Kopf.«

»Ja«, sagte er, »die Luft riecht so schön nach Benzin und Currywürsten.«

»Ist nicht Ihr Ernst!« Wir stellten uns an eine Würstchenbude, aßen jeder eine Currywurst und tranken beide aus einer Dose Bier.

Er blickte mich kurz an und sagte: »Carmen, Sie sind ein sehr nettes Mädchen.«

Nett? Was sollte denn das heißen? Mir schien, als habe er das ganz ohne Ironie gesagt, vielleicht machte er mich deswegen so verlegen. Ich glaube, ich habe sogar die Augen niedergeschlagen, obwohl das sonst gar nicht meine Art ist. Ich wusste selbst nicht genau warum, aber ich hatte das Gefühl, als sei er in Gedanken ganz woanders. Deswegen war ich auch nur mäßig verblüfft, als er mich fragte: »Was war da eigentlich wirklich mit meinem Vorgänger bei WKL, was ist da passiert?«

Ich schwieg, blickte ihn kurz von der Seite an, hakte mich wieder bei ihm unter, und wir gingen weiter.

»Sehen Sie, Sie wollen auch nicht darauf antworten«, sagte er.

»Ach was«, sagte ich wegwerfend, »obwohl Sie mich furchtbar reinreiten könnten, wenn WKL oder Dr. Schupp wüsste, dass ich mit Ihnen darüber geredet habe. Wenn Dr. Schupp es Ihnen nicht gesagt hat, darf ich es Ihnen nämlich auch nicht sagen.«

»Dr. Schupp meinte, er hätte von selbst gekündigt.«

Ich musste wider Willen lachen, aber es war kein fröhliches Lachen. Er musste das wohl missverstanden haben, denn er entgegnete schroff: »Wenn Sie meinen, ich posaune das anschließend laut heraus, lassen Sie's lieber.«

»Seien Sie nicht albern«, sagte ich und knuffte ihn in die Seite, »ich habe Ihnen schon so viel erzählt, da kommt's jetzt darauf auch nicht mehr an. Er hieß Karl Obermann, und seine Geschichte ist in vieler Hinsicht nicht sehr erfreulich, besonders sein Ende nicht. Er ist nämlich ermordet worden. Er hatte Pech, denn eigentlich hätte es WKL treffen sollen. So, jetzt wissen Sie's. Und wenn ich Ihnen was raten darf, nehmen Sie sich in Acht, es ist gut möglich, dass sie es wieder versuchen.«

»Sie? Wer sie?«

»Das ist eine dunkle Angelegenheit. WKL schweigt und vergräbt sich, und Dr. Schupp hält sich zurück, weil WKL auch nichts darüber sagt – so ist das meistens bei uns.«

Nach einer Weile sagte Rick Jankowski: »Er hat sicher Feinde. Ist ja auch kein Wunder bei den Geschäften, die er macht. Offenbar ist er irgendjemandem zu sehr auf die Zehen gestiegen.«

»Ja klar«, entgegnete ich, »fragt sich nur wem, die Frage ist bei ihm nämlich sehr berechtigt.«

»Aber Sie haben doch bestimmt irgendeine Vermutung.«

»Es ist wirklich schwer zu sagen. Vor einem halben Jahr hat es einen regelrechten Bombenanschlag bei uns gegeben, ich war gar nicht da, als es passierte, und verletzt wurde auch niemand. Bei einer Presseagentur hat sich dann später irgendeine ›Rote Zelle‹ dafür als verantwortlich bekannt, so dass die Vermutung nahelag, dass dieser Anschlag in Zusammenhang mit seinen Immobiliengeschäften in Kreuzberg und Neukölln stand. Die Sache mit Karl jedoch könnte ganz anders liegen.«

»Sie denken an seine Fluchthilfe-Unternehmungen.«

»Was, das hat er Ihnen erzählt?«, fragte ich überrascht.

Er nickte.

»Das wundert mich, bei der Geheimniskrämerei, mit der er sich immer umgibt. Seine wirklich gefährlichen Gegner sind sozusagen nur ein paar Steinwürfe weiter weg.«

Wir gingen schweigend weiter. Ein Mann mit einem gelben Schäferhund an der Leine kam uns entgegen. Der Hund hatte gelbe Augen.

Ich ärgerte mich ein bisschen, dass Rick Jankowski so stumm und scheinbar teilnahmslos neben mir herging. Irgendetwas rotierte in seinem Kopf, was ich gern gewusst hätte. Ich versuchte es mit einer simplen Frage. »Wie heißt sie?«

Er sah mich überrascht an. »Wer?«

»Die, an die Sie denken.«

»Lilli«, sagte er. »Sie werden's nicht glauben, aber ich habe sie vor zwanzig Jahren zum letzten Mal gesehen.«

»In der DDR?«

»Ja.« Er sah mich von der Seite an und fragte: »Was die Fluchthilfe betrifft, läuft da im Augenblick was?«

Ich zögerte. »Na ja, für diesen Müller soll eine Frau herausgeholt werden.«

»Aha.«

»Behalten Sie das bloß für sich, sonst ...«

»Ich weiß schon, alles klar.«

»Ihre Lilli«, sagte ich, »sie hat inzwischen vielleicht schon fünf erwachsene Kinder.«

Er entgegnete nichts darauf, und etwas später fiel mir ein, dass die Frau, um die es bei dieser neuen Unternehmung jetzt ging, auch Lilli hieß. Aber ich sagte ihm das nicht, weil ich es für einen Zufall hielt.

10
Der Auftraggeber

In den nächsten zwei Tagen nach seinem Geburtstag geschah nichts, und Rick Jankowski verbrachte die Zeit mit sich und seinem Tagebuch in seinem Zimmer. Auch Carmen Lehmann meldete sich nicht. Am Mittag des dritten Tages rief sie ihn an. »Rick? Ein Glück, dass du da bist. WKL verlangt nach dir. Du sollst gleich runterkommen.«

»Wo soll's denn hingehen?«

»Keine Ahnung, das wird er dir schon selbst sagen.«

Rick legte auf, zog sich Jacke und Mantel an und fuhr mit dem Fahrstuhl hinunter zu Carmen Lehmanns Büro. Sie trug einen grünen Pullover, griente ihn an und sagte: »Er muss jeden Augenblick hier sein. Vorsicht! Er kommt mir geladen vor. Wie gefällt dir mein neuer Pullover? Schön grün, nicht?«

»Ja, ziemlich. Hast du WKL schon gesehen heute?«

»Das nicht, ich hatte ihn nur am Telefon, aber das hat mir schon gereicht. Am besten redest du nur, wenn du gefragt wirst, dann kann dir am wenigsten passieren.«

Rick Jankowski lächelte. »So schlimm?«

Sie winkte ab. »Schlimmer. Aber ich kenn das ja schon.«

Die Tür ging auf, und WKL stand auf der Schwelle. »Können wir, oder störe ich hier etwa den Büroklatsch?«

Rick Jankowski stand auf. Carmen zwinkerte ihm zu, und er verließ das Zimmer.

Im Fahrstuhl standen sie sich gegenüber. WKL sah aus, als habe er die letzten beiden Nächte in Gesellschaft mehrerer Flaschen Bourbonwhiskys verbracht, die jetzt alle leer waren; sein Gesicht war bleich mit einem gelblichen Schimmer, und unter seinen Augen, von denen eines blutunterlaufen war, hingen schwere Tränensäcke.

»Wohin fahren wir?«, fragte Rick Jankowski.

»Zur Potsdamer Straße. Da parken wir dann irgendwo. Wir nehmen wieder den Wagen von Fritz. Hier sind die Schlüssel.«

Als sie das Haus verließen, brach ein sanftes, starkes Licht durch die graue Wolkendecke.

Gehwege und Straßen waren freigeräumt vom Schnee. WKL setzte sich nach hinten in den Wagen. Rick fuhr los und bemerkte im Rückspiegel, wie WKL sich hin und wieder umdrehte, um sich zu vergewissern, dass ihnen auch niemand folgte. WKL zündete sich eine Zigarre an und fragte:

»Schlafen Sie eigentlich gut in meinem Haus?«

»Danke, ja«, antwortete Rick.

»Ich nicht. Hatte eine ausgesprochen lausige Nacht. Ich mache jede Wette, dass das Haus auf einer Wasserader steht.« Seine Stimme klang so erschöpft, wie er aussah. »Seien Sie froh, wenn Sie auf so was nicht reagieren.«

Danach versank er in Schweigen.

Der Aufgang zum Hotel *Caro* lag zwischen einem Pornoladen und einem türkischen Gemüsegeschäft.

»Gehen Sie vor«, sagte WKL, »wir müssen in den ersten Stock, da ist das Hotel.«

Sie gingen die Treppen hoch, und Rick klingelte. Neben der Klingel war eine kleine rote Lampe. Der Mann, der ihnen öffnete, war groß und mager, trug eine zerknautschte graue Hose, ein dunkles Hemd und eine dünne Wolljacke. Seine langen, strähnigen Haare hingen ihm seitlich bis über die Ohren und fielen ihm in der Stirn bis über seine müden Augen.

»Ja?«

Sie gingen an ihm vorbei, ohne auf seine Frage zu antworten, und eine ältere Frau, die hinter der Bar stand, rief mit übertriebener Freude in der Stimme: »WKL! Schön, dass Sie mal wieder hier sind!« Und zu dem mageren Mann, der immer noch an der Tür stand, sagte sie: »Mach die Tür zu, Willi, es zieht.«

Ihr Lächeln war so falsch wie ihre Zähne.

Willi warf die Tür zu, lümmelte sich in einen der Sessel, die um einen kleinen runden Tisch herum standen, zündete sich eine Zigarette an und gähnte.

WKL trat an die Bartheke. »Tag, Minnie. Ist er schon da?«

Sie nickte. »Zimmer sieben. Kleinen Schluck zur Begrüßung vorher?«

»Nein, danke, aber nimm du dir doch einen«, antwortete WKL, und zu Rick gewandt, sagte er: »Gehen Sie mal hin und sagen Sie, dass ich da bin.«

Rick Jankowski sah die Frau hinter der Bartheke fragend an.

»Immer geradeaus durch den Flur, da ist Zimmer sieben. Sie können gar nicht dran vorbeilaufen.«

Rick Jankowski ging den dunklen Flur entlang und klopfte an die Tür.

»Herein.«

Er öffnete die Tür, blieb auf der Schwelle stehen und sagte: »Herr Lausen ist da.«

Die zwei Männer in Zimmer sieben blickten ihn an. Einer stand mit dem Rücken an das Fensterbrett gelehnt, der andere lag auf dem Bett und richtete sich auf. Der am Fenster war um die dreißig und trug einen hellblauen Anzug. Der Mann auf dem Bett fesselte Ricks Aufmerksamkeit. Er hatte graues gelocktes Haar und trug eine Brille mit stark getönten Gläsern. Rick Jankowski erkannte ihn sofort wieder. Das war der Mann, den er in Hamburg im Fernsehen gesehen und für Müller-Pankow gehalten hatte. Jetzt, als er ihn leibhaftig vor sich sah, war er sich ganz sicher.

Natürlich, er hatte sich verändert; sein Gesicht war rund und aufgedunsen, als ob er zu viel trinken würde, aber es war doch ganz unzweifelhaft derselbe Mann. Er sah Rick Jankowski direkt ins Gesicht. Rick Jankowski presste die Lippen zusammen. Die Erscheinung dieses Mannes rief sofort die Erinnerung an Lilli wieder wach.

Müller-Pankow wandte seinen Blick von ihm ab. Rick hatte nicht den Eindruck, dass er ihn erkannt hatte.

»Geh mit nach vorne, Ewald, bis wir hier fertig sind«, und zu Rick gewandt sagte er: »Sagen Sie WKL, ich erwarte ihn hier.«

»In Ordnung.«

Der Mann, der mit Ewald angeredet worden war, folgte ihm durch den Flur in den Vorraum.

»Na, was ist?«, fragte WKL.

»Er erwartet Sie.«

»Gut.« WKL verschwand im Flur.

»Marsmann, Ewald.« Er streckte Rick Jankowski die

Hand hin, und der ergriff sie. »Ich bin der Fahrer. Du bist also der Neue von WKL?«

Rick Jankowski nickte.

»Na, Jungs, was darf's denn sein?«, fragte die Frau hinter der Bartheke. Sie grinste wieder mit all ihren falschen Zähnen. »Und vergesst mir die alte Minnie nicht beim Bestellen.«

»Einen Kaffee, bitte«, sagte Rick.

»Mir einen Cognac dazu.« Marsmann lächelte Rick zu. »Einer kann ja nicht schaden. Und für Sie auch einen.«

»Danke, nein«, entgegnete Rick.

»Dann kriegt ihn Minnie.«

»Hab bloß Weinbrand, aber der tut's ja auch, was?«

Ewald Marsmann nickte und deutete auf den Flipper, der gleich neben der Tür stand. »Spielt einer mit?«

Sie spielten eine Runde und setzten sich dann wieder an die Theke.

Rick Jankowski betrachtete ihn. Der Mann hatte einen fast viereckigen Schädel, blaue Augen und ein kräftiges Kinn. Sein Gesicht war arglos und offen, und er sprach mit unüberhörbar rheinischem Akzent.

»Ich war früher bei einer Spezialeinheit beim Bund«, sagte er, »da hab ich eine Menge gelernt, nicht bloß schießen und so. Aber dann hab ich einen Unfall gehabt und war einfach nicht mehr tauglich dafür. Ja, und jetzt kutschiere ich den Chef in der Gegend herum und trage ihm seine Aktentasche hinterher, genauso wie du.«

»Meiner hat keine.«

Marsmann lachte. »Ich mache das jetzt schon zwei Jahre.«

»Ich erst ein paar Tage. Viel los bei euch?«

Marsmann machte eine abschätzige Geste. »Alles halb

so wild, eher eintönig. Aber was soll's. So hab ich wenigstens mein regelmäßiges Einkommen. Was will man mehr vom Leben.«

Ein leicht bekleidetes Mädchen huschte aus dem dunklen Flur an die Bartheke, holte eine Flasche Hausmarkensekt mit zwei Gläsern und verschwand wieder.

Ewald Marsmann grinste. »Hier ist manchmal ganz schön was los, was, Minnie? Schnaps und Weiber, dass die Wände wackeln, wenn die Chefs hier feiern.«

Minnie lachte zustimmend, während sie sich an der Kaffeemaschine zu schaffen machte.

»Bist du verheiratet?«, fragte Marsmann.

Rick schüttelte den Kopf.

»Aber ich!« Marsmann strahlte und nahm eine Fotografie aus seiner Brieftasche. »Da! Sag selber!«

Rick betrachtete das Foto und unterdrückte ein Lächeln. Die Frau stand im Wohnzimmer zwischen Stehlampe und Fernseher und lächelte mit offenem Mund in die Kamera. Sie war weißblond, und die Stehlampe hatte einen rosa Schirm. Mit der rechten Hand hielt sie einen Telefonhörer am Ohr, und an ihrer linken war ein dicker goldener Ehering. Davon abgesehen trug sie nichts.

»Gratuliere.« Rick gab ihm das Foto zurück.

»Ja, sie sieht wirklich gut aus, meine Frau. Und auch sonst hab ich wirklich Glück gehabt mit ihr.«

Sie warteten etwa eine halbe Stunde. WKL tauchte als Erster auf. Rick Jankowski folgte ihm hinaus auf die Straße.

Unterwegs im Wagen sagte Rick: »Kann es sein, dass ich den Mann schon mal gesehen habe, den Sie eben getroffen haben? Im Fernsehen vielleicht?«

»Kann schon sein«, entgegnete WKL einsilbig.

»Ging es um eine Immobiliensache oder um das andere?«

»Ich wüsste nicht, was Sie das anginge«, erwiderte WKL schroff.

Schweigend fuhren sie zurück in die Hasenheide.

Rick Jankowski war froh, als er wieder allein in seinem Zimmer war. In seinem Kopf fuhren die Gedanken Karussell. Er dachte an Lilli und an Müller-Pankow. Dieser Mann hatte damals ein Verhältnis mit ihr gehabt. Er war ein Parteibonze gewesen, und nun war er also im Westen.

Wer war die Frau, die WKLs Fluchtunternehmen in Müllers Auftrag aus der DDR holen sollte?

Er musste Gewissheit haben.

Carmen Lehmann blickte vom Schreibtisch auf, als er eintrat.

»Rick, schon zurück?«

»Ja. Carmen, du musst mir einen Gefallen tun.«

Sie lachte. »Wie das klingt. Worum geht es denn?«

»Ich möchte gern wissen, wie die Frau heißt, die rausgeholt werden soll.«

Carmen Lehmann runzelte die Stirn, dann sagte sie: »Das darf ich dir nicht sagen.«

»Das weiß ich«, entgegnete Rick drängend. »Ich muss es einfach wissen.«

Sie warf ihm einen nachdenklichen, forschenden Blick zu. Ihre Finger spielten mit einem Bleistift. Schließlich winkte sie ihn näher heran und deutete auf das Blatt Papier, das in ihrer Schreibmaschine steckte. Rick trat näher heran und las. Das Papier war ein Vertrag zwischen WKL und Müller; ein Vertrag, der den Namen der Fluchtwilligen enthielt. Er lautete: Lilli Maschke. Und das war noch nicht alles. Es war nämlich noch ein Passfoto an das Papier angeheftet. Es zeigte eine Frau von Ende dreißig, die ernst in die Kamera blickte. Es war wie ein Schock für ihn.

Carmen Lehmann beobachtete ihn. »Sie heißt Lilli.« Und in betont gleichmütigem Ton fügte sie hinzu: »Komisch, nicht?«

Rick Jankowski schwieg. Er schwieg, weil er einfach kein Wort herausbrachte.

»Aber es ist doch nicht etwa dieselbe, oder?«, fragte sie.

Rick Jankowski schüttelte den Kopf, murmelte tonlos »danke« und verließ das Büro.

Natürlich hatte er sie sofort erkannt. Was für ein Spiel wurde hier gespielt?

Er kehrte in sein Zimmer zurück, machte sich mit mechanischen Bewegungen einen Kaffee, stellte die volle Tasse auf den Nachttisch, setzte sich aufs Bett und starrte auf den Fußboden. Vor seinem inneren Auge sah er Lillis Gesicht auf dem Passfoto. Natürlich war auch sie älter geworden, aber ihre großen grauen Augen hatten noch immer denselben festen Blick. Ja, sie war noch dieselbe. Der Kaffee wurde kalt.

Er hatte oft versucht, sie zu vergessen, aber es war ihm nie gelungen. Nun, nach all den Jahren, wusste er endlich wieder, wo sie lebte. Sie war hier, im anderen Teil der Stadt, ganz in seiner Nähe. Er saß da und konnte es einfach nicht begreifen.

Ich muss noch mal mit Carmen sprechen, dachte er.

Er verstand das alles nicht. Warum wollte Lilli ausgerechnet jetzt in den Westen? Hatte sie immer noch etwas mit diesem Müller-Pankow zu tun? Er schüttelte den Kopf. Es war sinnlos, jetzt darüber nachzugrübeln, dazu wusste er einfach zu wenig. Er würde mit Lilli selber darüber reden. Aber vorher musste er erst noch mit Carmen Lehmann sprechen.

Er erwartete sie nach Feierabend draußen vorm Hauseingang.

»Huch, hab ich mich aber erschrocken!«, sagte Carmen.

»Ich muss noch mal mit dir reden, Carmen.«

»Und warum so dramatisch?«

»Weil ich nicht möchte, dass unser Gespräch mitgehört wird.«

Sie sah ihn nachdenklich an, dann sagte sie: »Es ist doch dieselbe Frau, nicht wahr?«

»Ja.«

»Und jetzt willst du sie wiedersehen, weißt aber nicht, wie du das anstellen sollst, und ich soll dir dabei helfen.«

Rick Jankowski nickte.

Sie warf einen Blick in den grauen, düsteren Schneehimmel und sagte: »Du hast vielleicht Nerven, das muss ich schon sagen.«

»Bitte, es wäre mir lieber, wir würden woanders weiterreden, warum gehen wir nicht gleich nach nebenan ins *Casa Leon*?«

»Ich denke, da sollten wir lieber nicht hingehen.«

»Warum nicht?«, fragte Rick Jankowski.

Carmen zuckte die Schultern und antwortete: »Na ja, weil's als SEW-Kneipe gilt, darum.«

Rick Jankowski blickte sie an, dann nickte er. »Also gut, mach du einen Vorschlag.«

»Gehen wir ins *Locus* am Marheinekeplatz. Wir können zu Fuß gehen. Hat WKL dir freigegeben?«

»Ich habe ihn nicht gefragt.«

Sie gingen schweigend weiter. Schließlich hängte sich Carmen bei ihm ein und sagte: »Was erwartest du eigentlich von einem Treffen mit ihr?«

Rick Jankowski schwieg.

»Sag was.«

»Es wäre mir lieber, wenn wir *darüber* jetzt nicht reden würden«, entgegnete er.

»Na schön, wie du willst.« Sie warf ihre Haare zurück, sah ihn an und fügte hinzu: »Entschuldige, das sollte nicht schnippisch klingen, war nicht so gemeint.«

»Ich weiß schon. Das ist auch sicher schwer zu verstehen. Trotzdem möchte ich jetzt nicht darüber reden.«

»Na schön, was willst du denn wissen?«

»Wie das vor sich geht, so eine Flucht, wie die Vorbereitungen sind. Es muss doch vor dem Fluchtunternehmen einen Kontakt mit demjenigen geben, der flüchten will, zum Beispiel. Wie wird das ablaufen?«

»Das ist ganz einfach. Übermorgen geht der Kurier rüber, um ihr den Termin mitzuteilen. Vorher kommt er bei uns im Büro vorbei und schaut sich ihr Bild an.« Sie zuckte die Achseln. »Vielleicht nimmt er sich ihr Foto auch mit, damit er sich auch garantiert nicht irrt, wenn er drüben ist.«

»Wann wird die Flucht sein?«

»In ein paar Tagen. Jedenfalls geht der Kurier nach drüben und übermittelt die genaue Uhrzeit für das Treffen mit dem Fluchthelfer, eine Beschreibung oder ein Foto des Fahrers und das Autokennzeichen.«

»Was für ein Auto?«

»Ein normaler Personenwagen mit extra eingebauten Spezialstoßdämpfern. Er gehört dem Fahrer. Wenn er also wegfliegt, ist das seine Sache.«

»Wegfliegt?«

»Wenn er geschnappt wird, heißt das.« Sie sah ihn an. Rick Jankowski blieb stehen. »Kommt das oft vor?«

»Seit die DDR das Thermovisionsgerät hat, öfter.«

»Was ist das?«

»Zwei Apparate. Einer registriert die Temperaturen des Karosserieblechs der Wagen, der andere macht sie auf einem Monitor je nach Wärmegrad als dunklere oder hellere Felder sichtbar. Ein hellerer Fleck bedeutet: da ist ein Mensch.«

Rick schwieg betroffen. Sie gingen weiter. Nach einer Weile sagte er: »Was macht also WKL so sicher, dass die Flucht auch gelingen wird?«

Sie zögerte. »Rick, ich durchschaue da längst nicht alles, so weit geht WKLs Vertrauen nicht. Aber ich weiß, dass es manchmal eine Art Stillhalteabkommen zwischen dem Stasi und WKL gibt. Und dieser Müller ist ein einflussreicher Mann«

»Inwiefern?«

»Er ist irgendein höheres Tier in Sachen Osthandel.«

»Merkwürdig«, sagte Rick.

»Wieso merkwürdig?«, fragte Carmen schnell.

»Ach, das Ganze kommt mir so unwirklich vor. Was meinst du mit Stillhalteabkommen? Ich meine, gibt es da etwa Vereinbarungen, Absprachen?«

»Nicht unbedingt. DDR-Bürger, die als kleine Fische eingestuft werden, passieren manchmal die Grenzkontrollen mit Billigung des Stasi. Drüben ist man mehr daran interessiert, dass qualifizierte Fachkräfte, Ärzte oder Techniker, bleiben.«

Rick schüttelte den Kopf. »Aber vorhersagen kann das natürlich niemand, ob es gutgehen wird oder nicht.«

»Nein, niemand.«

»Wann geht der Kurier nach Ostberlin?«

»Übermorgen. Mach bloß keinen Quatsch, Rick.«

»Ich muss sie sehen«, sagte er fest.

Sie waren vor dem Lokal angekommen. Ein paar Häuser weiter war ein Polizeirevier. Der Zigarettenautomat an der Wand des Nebenhauses war aufgebrochen worden. Rick Jankowski blieb stehen und blickte Carmen unschlüssig an.

Sie packte seinen Arm, ging mit ihm zum Eingang und sagte: »Kommt gar nicht in Frage, hier wird nicht gekniffen. Du gehst jetzt mit mir da rein, und wenn es nur auf ein Bier ist.«

Sie traten ein. Drinnen zog eine dicke, verqualmte Luft in Schwaden zur Decke. Alle Tische waren voll besetzt. Sie gingen an der Theke vorbei weiter in das Lokal hinein und blieben direkt gegenüber der kleinen Bühne stehen, die mehr ein Bretterkasten war, und einer der beiden Musiker, die dort drauf standen, ein langer, magerer Bursche mit weißblonden, schulterlangen Haaren und einem weichen Mädchengesicht, sagte: »Wir singen und spielen jetzt ein Lied, det heißt ›Up On Cripple Creek‹.« Er war Amerikaner und redete deutsch im breitesten Berlinerisch. Der neben ihm war ein kleiner Runder mit Halbglatze und Knebelbart; er trug einen gelben Rippenpullover, der ihm am Bauch und unter den Armen zu eng war, blaue Cordhosen und Turnschuhe und spielte hinreißend Gitarre. Sie spielten das Lied sehr schnell, sehr melodisch und dennoch hart. Rick und Carmen lächelten sich zu. Es gefiel ihnen beiden, und an einem Tisch in ihrer Nähe sagte jemand: »Siehste! Der Rock 'n' Roll wird nie tot sein, da hörst du's ja!«

Sie blieben auf ein Bier und ein paar Lieder lang und verließen dann das Lokal. Nachdem sie eine Weile schweigend nebeneinander her gegangen waren, sagte Carmen: »Hast du schon mal einen Traum gehabt, der wahr geworden ist?«

Rick sagte nichts darauf.

»Ich auch nicht«, entgegnete Carmen und sah ihn an dabei.

In der Nacht hatte er wirre Träume. Lilli war im Westen, und er war mit ihr im *Dschungel* in der Nürnberger Straße verabredet. Als er dort erschien, tanzte Lilli mit Müller-Pankow zu einem langsamen Walzer um den Springbrunnen herum. Ihr Gesicht sah aus wie auf dem Passfoto, und sie blickte beim Tanzen ab und zu Rick an, ohne ihn jedoch wahrzunehmen oder als ob er ihr gleichgültig sei, und das Publikum, unter dem auch WKL, Dr. Schupp und Carmen Lehmann waren, sah dabei zu. Carmen blickte ihn die ganze Zeit an; Rick war sich dessen nur vage bewusst und erwiderte ihren Blick nicht. Er bemerkte sie kaum, so wie Lilli ihn nicht zu bemerken schien.

11
Lilli

Am Morgen des nächsten Tages rief Rick Jankowski WKL an, um sich für den Tag darauf frei zu nehmen. WKL reagierte reserviert.

»Finden Sie denn nicht, dass Sie sich ein bisschen oft freinehmen? Was machen Sie denn immer so?« Rick, der mit dieser Frage gerechnet hatte, antwortete: »Ach, ich war so lange nicht mehr in Berlin, ich kenne die Stadt eigentlich gar nicht mehr. Ich laufe gern einfach so umher, mit dem Stadtplan in der Hand, und schau mich um dabei.«

»Aha. Nur eins, mein lieber Jankowski: Ich würde besser nicht rübergehen nach Ostberlin, an Ihrer Stelle.«

Rick wusste nicht, ob er sich ertappt fühlen sollte. »Sie meinen, weil ich hier bei Ihnen beschäftigt bin?«, fragte er.

»Ja, sicher. Oder haben Sie noch einen anderen Grund?«

»Nein. Ich hatte das übrigens auch gar nicht vor.«

»Nun gut, meinetwegen laufen Sie in der Stadt herum!«

Rick legte nachdenklich den Hörer auf. Sollte WKL, der alte Fuchs, etwas gerochen haben? Nein, er traute Carmen Lehmann; denn nur von ihr hätte WKL etwas erfahren können. Außer, dachte er noch, Müller-Pankow hatte ihn doch erkannt. Aber er war sicher, dass das nicht der Fall war.

Am späten Vormittag des darauffolgenden Tages klingelte bei Rick Jankowski zweimal das Telefon und verstummte dann. Er machte keine Anstalten, den Hörer abzunehmen. Es war das mit Carmen verabredete Zeichen für das Eintreffen des Kuriers. Rick hatte seit acht Uhr morgens darauf gewartet. In dieser Zeit waren ihm so viele Möglichkeiten eines unglücklichen Zusammentreffens mit Lilli durch den Kopf gegangen, eingeschlossen die, Lilli habe sich tatsächlich für Müller-Pankow entschieden, dass er eigentlich schon ganz mutlos war. Sie konnte ja nicht wissen, dass es ihn noch gab. Er stand mit einem Ruck vom Bett auf, zog sich den Mantel über und verließ das Haus.

Der Tag war in verschwenderische Helligkeit getaucht, der Himmel wolkenlos und die Luft so klar und sauber, wie das in einer Großstadt eben möglich ist. Rick ging langsam auf der WKLs Haus gegenüberliegenden Straßenseite auf und ab und behielt den Eingang im Auge. Er erwartete den Kurier, der ihn zu Lilli führen sollte. Ein älterer Mann, der mit seiner Frau an Rick vorbeigegangen war, blieb stehen, deutete mit dem Spazierstock auf den kaum kniehohen Zaun aus braungestrichenen, gekreuzt zusammengenagelten Latten, der einen kleinen Vorgarten zum Bürgersteig hin abgrenzte, und sagte, zu seiner Frau gewandt, aber doch laut genug, dass ihn andere Passanten verstehen konnten: »Das ist ja ein russischer Zaun! Ich war als Soldat lange in Russland, ich kenne diese Art von Zäunen, das ist ein russischer Zaun.« Er klopfte mit seinem Spazierstock auf das Holz.

»Lass doch, Dietrich«, sagte die Frau.

»Wenn ich's dir doch sage, das ist ein russischer Zaun!«

»Das ist doch ganz egal«, sagte seine Frau.

»Egal? Na hör mal! Ein russischer Zaun hier bei uns in Berlin? Das muss doch nicht sein!«

Sie zog ihn weiter. Rick Jankowski, der stehen geblieben war, um die Szene zu beobachten, schlenderte auf und ab.

Ein paar Minuten später kam ihm ein Mann zwischen dreißig und vierzig entgegen; er ging trotz der empfindlichen Kälte in kurzen Hosen und trug ein Schild an einer Stange vor sich her, auf dem er vor den Foltern durch geheime Sender warnte. Rick Jankowski drehte sich um, und sein Blick wanderte hinüber zu WKLs Haus. Das Fenster von Carmens Büro wurde einmal kurz geöffnet und dann wieder geschlossen. Das war das verabredete Zeichen. Jeden Augenblick musste der Kurier das Haus verlassen. Rick wartete.

Die Haustür öffnete sich, und eine kleine alte Dame kam heraus. Sie trug einen hellgrauen, knielangen Wintermantel, knöchelhohe Stiefeletten und ein schwarzrundes Etwas von einem Hut. In den Händen hatte sie zwei volle Plastikeinkaufstüten. Sie wandte sich nach rechts und ging mit hastigen Trippelschritten in Richtung Südstern.

Rick Jankowski zögerte. Sollte sie der Kurier sein? Aber Carmens Signal war ganz eindeutig gewesen. Er folgte der alten Dame zum U-Bahnhof Südstern und stieg in denselben Zug wie sie. Von nahem sah sie so aus, als käme sie gerade vom Friseur, und sie hatte rote Ohren und rote Wangen von der Kälte. Beim U-Bahnhof Mehringdamm stieg sie um in die Linie sechs. Rick folgte ihr. Als sie die Bahn im U-Bahnhof Kochstraße, der letzten Station auf Westberliner Seite, nicht verließ, war ihm endgültig klar, dass er auf der richtigen Fährte war. Die Bahn fuhr, ohne anzuhalten, weiter, durch den U-Bahnhof Französische Straße, wo er die ersten Vopos Wache stehen sah, und hielt erst wieder in der Friedrichstraße.

Vor den beiden Intershops auf dem Bahnsteig standen die Menschen Schlange. Die alte Dame stellte sich bei der ersten hintenan, und Rick, dem das unauffälliger vorkam, als einfach auf dem Bahnsteig stehen zu bleiben und auf sie zu warten, stellte sich hinter sie. Er blickte sich auf dem Bahnhof um, betrachtete die Vopo-Wachtposten, die erhöht am Ende der Bahnhofshalle standen, und das alte Gefühl der Angst und der Bedrückung schlich sich in ihn hinein, so stark, dass er fast meinte, man müsse es ihm ansehen.

Die alte Dame stand vor ihm und wartete geduldig, bis sie an die Reihe kam. Sie kaufte eine Stange überlange amerikanische Zigaretten, zahlte und schloss mit zierlichen Bewegungen ihre Geldbörse. Rick, dem nichts anderes einfiel, kaufte eine Stange von derselben Marke.

Die alte Dame wandte sich zielstrebig mit kleinen Schritten einem Treppenabgang zu, der nach unten zu den Abfertigungshallen führte. Rick folgte ihr wieder, war zwar nicht die ganze Zeit in ihrer unmittelbaren Nähe, verlor sie jedoch nie aus den Augen.

Rick ging schneller. Schließlich stand er vor dem Übergang für Bürger der Bundesrepublik Deutschland. Die Schlange vor der Kabine war erheblich kürzer als die, in die sich die alte Dame eingereiht hatte und die für Bürger Westberlins bestimmt war. Er hoffte, dass alles schnell gehen würde, damit er vor der alten Dame drüben war. Er durfte sie auf gar keinen Fall verlieren!

Die Wartenden sprachen mit gedämpften Stimmen wie in Wartezimmern von Ärzten, und die meisten von ihnen wirkten, als fühlten sie sich unbehaglich; eine Empfindung, die auch Rick ergriffen hatte. Nur wenige waren unbefangen oder gaben sich jedenfalls so. Viele hatten Einkaufstaschen und Tüten mit Lebensmitteln mitgebracht.

Endlich war er an der Reihe und trat hinein in die Kabine. Drinnen war es so eng wie in einem Schlafwagenabteil der Bundesbahn, und ein muffiger Geruch lag schwer in der Luft. Schräg an der Decke war ein langer schmaler Spiegel angebracht, in dem die beiden Grenzbeamten, die hinter dickem Glas saßen und auf die Eintretenden herabsahen, den ganzen Raum überblicken konnten.

Rick kam sich irgendwie verkleinert vor.

Er reichte seinen Pass durch einen schmalen Schlitz, der uniformierte Grenzbeamte nahm ihn an sich, schlug ihn auf, blätterte darin und brummelte:

»Eintagesaufenthalt?«

»Wie bitte?«

»Eintagesaufenthalt?«

»Ja.«

Der Grenzbeamte füllte das Formular für ein Visum aus, verlangte fünf Mark, legte dann das Blatt ein und gab Ricks Pass an seine Kollegen weiter. Ihm war, als blickte ihn dieser Grenzbeamte besonders lange an. Einige Minuten später erhielt er seinen Pass wieder. Das eingelegte Tagesvisum war mit einem Farbverlaufsstempel gestempelt und trug eine fortlaufende Nummer. Die Kabinentür öffnete sich mit einem surrenden Ton.

Rick trat hinaus. Stimmengewirr schlug ihm entgegen. Er stellte sich hinten an die nächste Schlange an, gab einem dicklichen, freundlichen Grenzbeamten einen Fünfzigmarkschein, erhielt fünfzehn Mark in DDR-Währung in einer verschweißten Klarsichthülle und den Rest in Westgeld zurück. Rick hatte feuchte Hände, und sein Pulsschlag hatte sich merklich erhöht. Er blieb einen Augenblick stehen, steckte das Geld ein und ging dann mit raschen Schritten zum Ausgang. Unvermittelt befand er sich in der Bahnhofshalle des Ostberliner Bahnhofs Friedrichstraße.

Rick sah einen Augenblick lang den Menschen zu, die hinaus und hinein strömten. Die alte Dame konnte er nirgends entdecken. Er ging zu dem Ausgang für Westberliner Bürger. Auch dort war sie nicht. Beim Warten durchzuckte ihn der Gedanke, irgendwo unter den Menschen hier könnte Lilli sein, die vielleicht die alte Dame erwartete, und er drehte sich um und suchte den Raum mit den Augen ab. Aber er fand sie nicht.

Dafür tauchte die alte Dame wieder auf. Sie ging zielstrebig durch die Bahnhofshalle, wandte sich dann nach rechts und ging die Friedrichstraße entlang zur Kreuzung Unter den Linden. Dort bog sie nach links ab und ging die Straße Unter den Linden entlang, vorbei an der Staatsbibliothek, der Humboldtuniversität, über deren Eingang eine große blaue FDJ-Fahne hing, zum Marx-Engels-Platz. Beim Dom blieb sie ein wenig stehen, um Luft zu schöpfen, denn sie war zügig gegangen. Rick blieb ebenfalls stehen, betrachtete die Baugerüste und das Zeughaus und folgte ihr wieder, als sie auf der Karl-Liebknecht-Straße weiter in Richtung Alexanderplatz ging. Vor dem Palast der Republik standen viele Menschen, und ein Plakat, auf dem sich zwei die Hände gaben, verkündete: »Wir danken dir, Partei.« Auf den Autos am Straßenrand lag schmutziger Schnee.

Sie erreichten den Alexanderplatz. Bei einem Imbissstand *Eberswalder Grillette* blieb die alte Dame wieder einen Augenblick stehen, um zu verschnaufen. Vor dem Imbissstand warteten mehr als ein Dutzend Menschen geduldig in einer Schlange. Rick Jankowski blieb ebenfalls stehen, blickte auf seine Uhr und gab sich den Anschein, als warte er auf jemanden. Er sah sich um und musterte die verschmutzten Fassaden der Hochhäuser; eine bestand aus blauen Mosaiksteinchen.

Die alte Dame ging mit hurtigen Schritten weiter, wandte sich zur HO-Gaststätte am Alexanderplatz und ging entschlossen hinein. Rick folgte ihr. Sie hatte den großen Vorraum schon fast durchquert. An der Stirnseite des Raumes hing ein Spruchband: »Ewige Freundschaft mit der Sowjetunion – das ist der Herzschlag unseres Lebens.«

Rick Jankowski folgte ihr in den Gastraum, nahm wie sie ein Tablett von dem Stapel und stellte sich hinter ihr an dem Selbstbedienungstresen an. Er nahm einen Teller Bohneneintopf, zahlte an der Kasse eine Mark vierzig von dem Geld, das er an der Grenze eingetauscht hatte, und folgte der alten Dame mit den Augen.

Sie ging auf einen der Tische an der Fensterseite zu. Die Frau, die dort allein saß, kehrte Rick den Rücken zu. Er erkannte sie trotzdem. Es war Lilli. Er beobachtete, wie sich die beiden begrüßten. Einen Moment lang stand er da mit dem Tablett in den Händen und wusste nicht, was er tun sollte. Dann setzte er sich langsam in Bewegung, ging an dem Tisch vorbei, an dem Lilli und die alte

Dame saßen, und fand auf der gegenüberliegenden Seite einen Tisch mit einem freien Platz, der nur wenige Meter von ihrem entfernt war. Er stellte sein Tablett ab und setzte sich. Bevor er den ersten Löffel zum Munde führte, hob er den Blick.

Lilli sprach mit der alten Dame; er konnte nicht hören, was sie redeten, aber er sah sie. Es war wirklich und wahrhaftig Lilli, die da saß. Er konnte seinen Blick nicht von ihr wenden. Sein Herz schlug hart gegen die Rippen, und sein Puls beschleunigte sich. Er betrachtete ihr Gesicht, ihre großen grauen Augen, ihren Mund, ihr sanft geschwungenes, deutliches Kinn, ihre Mundwinkel mit ein paar kleinen scharfen Falten und ihre dichten braunen Haare, die ein paar graue Strähnen bekommen hatten. Aber die Fältchen hatte sie schon immer gehabt, erinnerte er sich, sie waren jetzt einfach nur klarer erkennbar. Ja, sie war ihm vertraut – und doch war sie ihm auch auf irgendeine Weise fremd. Sie trug eine weiße Bluse und darüber einen grauen Pullover mit spitzem Ausschnitt. Ihre Hände spielten mit dem blechernen Kaffeelöffel.

Als ob sie seinen intensiven Blick gespürt hätte, wandte Lilli den Kopf in seine Richtung, und ihre Blicke trafen sich. Sie legte den Kaffeelöffel weg, und ihre Augen weiteten sich.

Rick nickte ihr zu, und ein paar Sekunden lang waren ihre Blicke wie ineinander verhakt. Dann sagte die alte Dame etwas, und Lilli schlug die Augen nieder und antwortete ihr.

Rick saß da wie betäubt. Er zwang sich, seinen Bohneneintopf zu essen. Er war dick und sämig und schmeckte so, wie der Bohneneintopf zu Hause in seiner Kindheit geschmeckt hatte.

Der Mann, mit dem Rick am selben Tisch saß, hatte ein resigniertes, altersloses Gesicht, wässrige Augen und schlechte Zähne; er zeigte sie, wenn er nach einem Schlückchen Schnaps und einem langen Zug aus dem Bierglas leise aufstöhnte. Zwischendurch redete er, ohne dass ein Ton zu hören war, vor sich hin; den unablässigen stimmlosen Bewegungen seiner Lippen nach zu urteilen, schien es sich um eine lange, komplizierte Geschichte zu handeln.

Diesmal war es Lilli, die ihn zuerst anblickte. Rick erwiderte ihren Blick und musste sich zwingen, weiterzuessen. In ihrem Gesicht erschien ein verstohlenes Lächeln, und ihr Mund wurde weich. Aus dem Hintergrund des Lokals schoben zwei Frauen einen Wagen für Essensreste und benutztes Geschirr vor sich her und kamen näher. Unterwegs sammelten sie Geschirr ein und kippten die Essenreste in einen Eimer. Als sie etwa auf Lillis Höhe waren, überholte sie ein dicklicher junger Mann, der in jeder Hand ein volles Glas Bier hatte. Er trug Jeans, sein dunkelblaues Hemd war auf seinem Rücken hochgerutscht, und ein Hemdzipfel hing ihm über den Hosenbund.

»Kiek ma, der da!«, sagte die eine Frau zur anderen und blickte dabei aufmerksamkeitsheischend um sich.

Die andere schüttelte den Kopf, kippte mit einer heftigen Bewegung Essenreste in den Eimer, legte den leeren Teller oben auf den Stapel und sagte: »Hab ick jesehn. Der kann sich wohl zu Hause nicht richtig anziehen!«

Rick aß seinen Teller Bohneneintopf leer. Die beiden Frauen mit dem Wagen hielten an seinem Tisch, und eine von ihnen nahm seinen Teller weg und sagte scherzhaft zu ihm: »Morgen scheint bestimmt die Sonne, junger Mann, so schön, wie Sie abgegessen haben.« Sie schoben ihren Wagen weiter.

Kurz darauf stand die alte Dame auf, verabschiedete sich von Lilli und ging. Rick zögerte, jetzt einfach zu ihr hinüberzugehen, und bevor er sich entscheiden konnte, stand sie auf und zog sich ihren Mantel über. Sie ging mit gesenkten Augen an Ricks Tisch vorbei zum Ausgang. Für einen Moment war er perplex. Dann folgte er ihr.

Drei Tische hinter ihm faltete ein Mann seine Zeitung zusammen, knöpfte seinen Mantel zu und ging mit langsamen Schritten hinter Rick her. Lilli hatte schon halb den Vorraum durchquert, als Rick sie einholte. »Lilli ...«

»Nicht hier, lass uns erst rausgehen«, entgegnete sie.

»Warum, was soll das?«

»Sei still und komm.« Draußen sagte sie: »Dreh dich nicht um, wir werden beobachtet.«

Im ersten Augenblick kam ihm das unglaubwürdig vor, dann fragte er: »Beobachtet? Von wem?«

Lilli warf ihm einen Blick zu. »Kannst du dir das nicht denken?«

»Ja, aber Lilli, wenn dich der Stasi schon beschatten lässt, dann ...«

»Uns beide sollte man nun wirklich nicht zusammen sehen«, entgegnete sie, »aber jetzt ist es nun mal passiert.«

»Lass uns irgendwo hingehen, wo wir reden können.«

»Zu mir können wir nicht, da würden sie uns schon erwarten. Lass uns lieber ein Stück gehen.«

»Gut.«

»Kann ich dir vertrauen?«, fragte Lilli. »Ich bin ganz schön durcheinander, ausgerechnet dich hier zu sehen.«

Rick spürte das Bedürfnis, sie in die Arme zu nehmen. »Selbstverständlich kannst du mir trauen!«, erwiderte er heftig.

»Woher hast du von diesem Treffen heute gewusst?«

»Ich werd's dir sagen.« Er machte eine Pause. »Ich werde dir alles sagen, deshalb bin ich ja hier.«

»Gut, dann komm. Gehen wir nach Friedrichshain.«

»Etwa zum Märchenbrunnen?«

Sie warf ihm einen Blick zu. »Ja, warum nicht?«

»Ich hab dir was mitgebracht«, sagte er und gab ihr die Stange Zigaretten.

Sie sah ihn an.

»Oh, ich hab gesehen, wie die alte Dame sie gekauft hat.«

»Du hast es also wirklich gewusst, dass sie mich treffen wird.«

Rick nickte.

»Diese Zigaretten werden übrigens in der DDR hergestellt. Sind stärker als die westdeutschen.«

»Lebst du schon lange in Berlin?«, fragte Rick.

»Ja, seit acht Jahren, gleich nach meiner Scheidung. Vorher waren wir in Rathenow.«

»Ist der noch hinter uns?«

»Darauf kannst du dich verlassen. Ich war im Sommer mal wieder zu Hause. Deine Großmutter hat mir erzählt, du seist wieder in Deutschland. Warum bist du zurückgekommen?«

»Ich wollte wieder nach Hause. Sag mal, willst du wirklich den ganzen Weg nach Friedrichshain laufen?«

»Ja. Ich mache gern lange Spaziergänge.«

»Lilli, was hast du mit Müller-Pankow zu tun?«, fragte Rick.

»Er nennt sich jetzt nur noch Müller.«

»Ich weiß«, entgegnete Rick, »ich habe ihn gesehen.«

»Hat er dich erkannt?«, fragte Lilli schnell.

»Nein.«

»Das ist gut«, sagte Lilli. »Weißt du, es ist sehr verwirrend für mich, dass du hier plötzlich auftauchst.« Sie schwieg.

Nach einer Weile sagte Rick: »Ich bin Angestellter bei dem Fluchthilfeunternehmen, das dich in seinem Auftrag rausholen soll.« Er erzählte ihr, wie er zu der Stelle bei WKL gekommen war.

»Aber du selbst bist nicht als Fluchthelfer engagiert?«

»Nein, in Westberlin weiß auch niemand, dass ich hier bin«, sagte Rick, und im gleichen Augenblick fiel ihm Carmen Lehmann ein. Er hoffte, sie würde den Mund halten.

Lilli schwieg. Schließlich antwortete sie: »Ich glaube dir.«

»Lilli, ich muss wissen, was du mit Müller-Pankow zu tun hast!«

Sie blickte ihn fest an und sagte: »Ich habe gar nichts mit ihm zu tun.« Ein paar Schritte weiter fügte sie hinzu: »Falls du an die Vergangenheit denkst – diese Beziehung mit ihm habe ich sehr bald wieder abgebrochen. Er war damals durchaus nicht der Grund, dass ich nicht mit dir geflüchtet bin. Ich bekam es einfach nicht fertig, die Eltern sitzen zu lassen. Ich war so unentschlossen und wohl auch feige.«

Nach einer Pause fuhr sie fort: »Du willst wissen, was ich mit Müller-Pankow zu tun habe. Gut. Eines Abends, es ist erst ein paar Wochen her, haben bei mir zwei Herren geklingelt, zwei Herren in Zivil, die sich als Mitarbeiter des Ministeriums für Staatssicherheit auswiesen.« Sie lächelte ein wenig nachsichtig. »Das wäre gar nicht nötig gewesen, sie haben so eine unnachahmliche Art, man konnte es förmlich riechen, dass sie von der Firma waren. Jedenfalls sagten sie, sie seien gekommen, um mich in die Pflicht zu nehmen, wie sie sich ausdrückten. Ich muss dazu sagen, dass ich in den Augen des Stasi wohl als vertrauenswürdig galt. Ich bin in der Partei und arbeite als Kostümbildnerin beim Fernsehen.«

Rick warf einen scheinbar flüchtigen Blick zurück. Der Mann, der ihnen nachging, bemühte sich auffällig darum, unauffällig zu erscheinen. Rick atmete die kühle Luft ein. »Und was wollten sie von dir?«

»Sie appellierten an mein Pflichtgefühl als überzeugte Sozialistin und Parteimitglied. Dann erzählten sie mir etwas über die Vergangenheit. Sie kannten sich bestens aus und wussten, dass ich Müller-Pankow gekannt hatte. Um den ging es nämlich. Müller-Pankow ist ein Langzeitagent, von dem sie annehmen, dass er inzwischen zu einem Überläufer geworden ist. Der Westen habe ihn gekauft. Was ihnen fehlt, ist ein Beweis, und den soll ich ihnen liefern. Sie verlangten von mir, dass ich Müller-Pankow einen Brief schreibe, in dem ich ihn bitte, mich aus der DDR herausholen zu lassen; wenn er darauf einginge, müsste er sich dazu illegaler Mittel bedienen – staatsfeindlichen Menschenhandel unter Missbrauch der Transitwege nennt man das hier –, und sie könnten ihn überführen. Wäre er nach wie vor zuverlässig, würde er sich sofort an das Ministerium für Staatssicherheit wenden und die Sache melden.«

»Und das hat er nicht getan«, sagte Rick.

»Richtig«, entgegnete Lilli, »aber er war vorsichtig

und ließ mir nichts Schriftliches zukommen, sondern schickte einen Boten, der mir ausrichtete, dass Müller-Pankow sich freue und dass er sich darum kümmern würde. Damit haben sie zwar meine Zeugenaussage gegen ihn, aber immer noch keinen klaren, endgültigen Beweis.«

»Sie hätten den Boten abfangen können.«

»Sie wollen keinen kleinen Fisch. Sie wollen *ihn* überführen. Ich sollte also auf den nächsten Kontakt warten und auf seinen Vorschlag eingehen.«

»Das war heute?«

Sie nickte. »Die alte Dame. Sie sagte mir, dass die Flucht arrangiert ist.«

»Und wie weiter?«

»Ich soll auch darauf eingehen.«

»Heißt das etwa, sie lassen dich einfach so in den Westen?«

»Nicht ganz. Zwar sind wohl die Grenzbeamten informiert, den Wagen durchzulassen, aber ich soll natürlich kurz darauf zurückkommen.«

Sie gingen vom Prenzlauer Berg den Weg zum Märchenbrunnen im Volkspark Friedrichshain, blieben dort stehen und betrachteten einen Augenblick schweigend die Steinfiguren. Ihr Beschatter blieb in angemessener Entfernung und wartete, bis sie weitergingen. Während er wartete, lehnte er sich an einen Baum, zog einen Schuh aus und rieb sich mit schmerzverzerrtem Gesicht den Fuß. Seine Schuhe sahen neu aus.

»Diesen Brief«, sagte Rick, »du hast ihn wirklich nur geschrieben, weil es von dir so verlangt wurde?«

»Was Müller-Pankow betrifft, ja.«

Sie gingen weiter, und nach einer Weile sagte Rick

vorsichtig: »Hast du jemals daran gedacht, im Westen zu bleiben?«

Lilli lachte bitter. Dann blickte sie zu Boden und schwieg. Einige Minuten später sagte sie: »Die Eltern sind ja nun auch schon sechs Jahre tot.«

»Das tut mir leid«, entgegnete Rick. Er nahm ihre Hand. »Lilli, ich ...« Sie unterbrach ihn und deutete auf den Würstchenstand, den sie gerade erreicht hatten.

»Willst du eins? Und ein Bier?«

»Willst du?«, fragte er.

Sie nickte. »Ja, ich hab ein bisschen Hunger bekommen.« Sie trat an das geöffnete Fenster und bestellte bei der Verkäuferin, die einen dicken, grobgerippten braunen Pullover unter ihrem blauen Kittel trug. »Lass mich bezahlen«, sagte Rick leise, so dass die Verkäuferin ihn nicht hören konnte. »Ich weiß ja sonst gar nicht, was ich machen soll mit dem Geld.«

»Kommt nicht in Frage! Bei uns lassen sich die Frauen nicht von den Männern aushalten«, erwiderte Lilli halb im Spaß. »Du kannst ja das Geld in die Büchse fürs Rote Kreuz stecken, die steht in der Tränenhalle, wenn du zurückgehst.«

Rick, der neben ihr stand, sah zu, wie sie ihre Geldbörse öffnete und bezahlte. Dabei fiel ihm ein kleines Schwarzweißfoto auf, das in einem Fach mit einer Zellophanhülle steckte. Es war ein altes Foto, und es zeigte ihn selber mit Lilli und Benjamin. Sie standen zu dritt am Bootssteg und blickten über den See.

Ein fast überwältigendes Gefühl von Zärtlichkeit breitete sich in ihm aus. Er stellte sich an einen einbeinigen runden Tisch, dessen Oberfläche mit einem durchsichtigen Plastiktuch überzogen war. Ein paar Jugendliche, die am Nebentisch standen und Bier tranken, blickten zu ihm hinüber, und einer von ihnen sagte halblaut zu ihm. »He, Bayern München! Allet klar, wa?«

Rick lächelte kurz, und Lilli stellte die beiden Papp-schalen mit den Würstchen auf den Tisch. Rick holte das Bier.

Nachdem sie gegessen hatte, sagte Lilli leise: »Ich habe lange ein schlechtes Gewissen gehabt, damals. Meine Ehe war ein Missverständnis. Ich hab mich sehr allein gefühlt in den letzten Jahren. Manchmal trinke ich abends, bis ich nicht mehr denken kann. Ich sag dir das nicht, weil ich dein Mitleid erwecken will. Es ist mehr an mich selbst gerichtet. Deine Gegenwart macht mir Mut, das auszusprechen.«

Rick schwieg und suchte ihren Blick.

»Lass uns weitergehen«, sagte Lilli.

Nach einer Biegung des Weges, als ihr Beschatter sie für einen Augenblick nicht sehen konnte, nahm er sie in die Arme und küsste sie. Sie schlang ihre Arme um ihn, und einen Augenblick lang hielten sie sich stumm an-einander fest.

»Rick, es kann nicht mehr so wie früher sein«, sagte sie, nachdem sie sich voneinander gelöst hatten.

»Wir könnten doch zusammen leben«, antwortete er, »alt genug sind wir doch inzwischen.«

Sie lächelte. »Natürlich hab ich daran gedacht, im Wes-ten zu bleiben; ich hab früher dran gedacht, als ich noch gar keine Chance dazu hatte. Und es würde mir natür-lich helfen, zu wissen, dass du da bist. Auf der anderen Seite, was weiß ich denn schon von der Bundesrepublik außer dem, was man aus eurem Fernsehen erfahren kann. Dazu kommt noch, dass mir eure Arbeitslosenzahl auch nicht gerade Mut macht, und jeden Monat steigen die Preise und die Lebenshaltungskosten, und daran, was man bei euch für Miete bezahlt, darf ich gar nicht denken.«

»Im Vergleich zu euch«, entgegnete Rick, »gibt es im Westen schon einen unvorstellbaren Wohlstand, aber in Wirklichkeit geht die Kurve längst nach unten. Ich denke aber, jemand mit deiner Qualifikation würde sicher eine Stellung finden. Wie auch immer, wir müssten ja nicht unbedingt in Westdeutschland leben.«

Lilli sah ihn ein wenig zweifelnd an, sie gingen schweigend weiter, und sie spürte die Hilflosigkeit seines Schweigens. Nach ein paar Schritten nahm sie seine Hand und sagte: »Versteh mich nicht falsch, Rick. Aber meinst du wirklich, man kann einfach irgendwo ein Leben abbrechen und woanders ein neues beginnen?«

»Du glaubst das nicht?«, fragte Rick und spürte so etwas wie Furcht dabei.

»Ich habe da meine Zweifel«, entgegnete sie.

Rick legte ihr den Arm um die Schultern und sah sie an. »Es wird vielleicht nicht einfach sein, aber deswegen ist es trotzdem richtig.«

»Weißt du was«, sagte sie übergangslos, »ich möchte einmal einen ganzen Tag lang nur Bananen essen. Wo könnten wir sonst leben als in Westdeutschland, was meinst du?«

»Ich hab noch nicht drüber nachgedacht, aber ich war zum Beispiel noch nie in Australien«, erwiderte er.

»Australien!« Sie lachte. »Das ist jedenfalls weit genug weg.

Rick warf einen Blick zurück und bemerkte, dass der Beschatter wieder hinter ihnen war. »Lilli, was wirst du sagen, wenn einer von der Firma kommt und meine Anwesenheit erklärt haben will?«

»Wichtig ist vor allem, dass du unseren Schatten hier loswirst, bevor du wieder über die Grenze gehst. Er hat uns ja erst vom Alexanderplatz an verfolgt. Falls sie also nach dir fragen, und das werden sie wahrscheinlich tun, dann behaupte ich einfach, ich hätte dich irgendwo beim Tanzen kennengelernt, da fällt mir dann schon etwas ein.« Sie sah ihn kurz an und fügte hinzu: »Ich werde sagen, Sie werden lachen, aber ich weiß nur seinen Vornamen, er heißt Eckard. ›Wissen Sie, wo er arbeitet?‹ Nein, werde ich antworten, darüber haben wir gar nicht gesprochen. Ich hoffe, ich sehe ihn wieder, werde ich sagen, denn ich habe ihn gern.« Rick dachte, warum sagt sie das so, wie sie es sagt; es kam ihm irgendwie leichtfertig vor, und es machte ihn unsicher.

Lilli schien seine augenblickliche Verwirrung nicht zu bemerken und sprach unbefangen weiter. Sie fragte Rick, ob er sich noch daran erinnere, wie sie in den Sommerferien zusammen mit Benjamin den Ritter Kahlbutz in Kampehl angesehen hatten. Natürlich erinnerte er sich daran.

Der Ritter Kahlbutz, das war die mumifizierte Leiche des 1702 verstorbenen Christian Friedrich von Kahlbutz, der 1651 im alten Schloss geboren war. Er war verheiratet, hatte elf eheliche Kinder und mehr als dreißig außereheliche, da er das Recht auf die erste Nacht fleißig ausübte. Einmal kam er dabei an die Falsche, nämlich als er im Juli 1690 die Braut des Schäfers Pickert aus Bückwitz begehrte. Sie verweigerte sich ihm, und als Reaktion darauf erschlug er den Schäfer, ihren Bräutigam, als dieser seine Schafe von der Bückwitzer Wiese bei Neustadt über die Kahlbutzsche Weide nach Hause trieb, wie er es mit Duldung des Junkers schon öfter getan hatte.

Alle wussten, dass Kahlbutz der Mörder war, aber nur die Braut, Tochter eines Bückwitzer Schmiedes, muckte auf; sie klagte ihren »hohen gnädigen Herrn« öffentlich des Mordes an. Kahlbutz aber, als Feudalherr, brauchte nur zu schwören, dass er nicht der Mörder sei, und hatte damit die Mordanklage vom Halse. Das nannte man den Reinigungseid. Nachdem er gestorben war, wurde er in der Patronatsgruft beigesetzt. 1794, als die Kirche innen renoviert wurde, fand man seine unverweste, nicht einbalsamierte Leiche und erzählte sich, Kahlbutz habe seinem Reinigungsschwur den Zusatz angefügt, wenn er es doch gewesen sei, so solle sein Leichnam nicht verwesen.

Seine Mumie im Anbau der Kampehler Kirche war ein beliebtes Ausflugsziel, und man konnte sie an bestimmten Tagen gegen fünfzig Pfennige Eintrittsgeld besichtigen. Sooft sie auch schon dort gewesen waren – in den Sommerferien, damals, wenn Benjamin kam, gingen sie jedes Mal dorthin.

»Wann bist du zuletzt da gewesen?«, fragte Rick.

»Das ist schon ewig lange her, ich weiß gar nicht mehr genau. Aber ich kann mich zum Beispiel noch gut daran erinnern, wie wir zum ersten Mal vom Seeufer zur Unterseeinsel und zurück geschwommen sind«, sagte sie.

»Zwölf oder dreizehn waren wir«, sagte Rick und dachte, richtig, so war es gewesen, und nicht wie in meinem Traum. Wir sind zusammen geschwommen und haben beide das rettende Ufer erreicht. Im Traum hatte Lilli am Ufer gestanden, und er war untergegangen. Dieses Bild war auch jetzt, in diesem Augenblick, so deutlich vor seinen Augen, dass er sich fragte, ob es eine zweite Wirklichkeit gab. »Du wirst doch kommen, Lilli?«, hörte er sich mit einer Stimme fragen, die ihm selber fremd war.

»Ja«, antwortete sie und blieb stehen. »Aber ich hab Angst.«

Rick nahm sie bei der Hand, und sie gingen zusammen weiter.

»Es wird alles gut werden, Lilli. Die Flucht ist ja von beiden Seiten arrangiert. Wann soll es sein?«

»Freitag.«

»Also in zwei Tagen.«

Sie nickte. »Die alte Dame hat mir ein Foto des Fahrers mitgebracht. Hoffentlich erkenne ich ihn auch danach. Wir treffen uns um siebzehn Uhr vorm *Café Polar* am Alexanderplatz. Sie hat mir auch übermittelt, was ich sagen soll, wenn ich ihn treffe. Wir verabreden uns dann in irgendeiner Seitenstraße, wo ich zusteige. Danach fahren wir sofort zum Grenzübergang Heinrich-Heine-Straße.«

»Und wenn ihr im Westen seid, was dann?«

Sie warf die Haare zurück und sah ihn an. »Das habe ich natürlich auch gefragt. Sie haben darauf geantwortet, ich solle mir keine Sorgen machen, es sei alles geregelt. Man wisse, dass der Fahrer des Fluchtwagens den Auftrag habe, mich in das Haus des Fluchtunternehmers zu bringen, wo mich Müller-Pankow erwartet. Dort sei aber nicht nur er, sondern auch ein Mann vom Stasi, der bei der Gegenüberstellung dabei sein und sich danach meiner annehmen würde. Das heißt wohl, der soll dafür sorgen, dass ich auch wirklich wieder zurückgehe.«

Merkwürdig, dachte Rick, ein Mann vom Stasi im Hause von WKL? Er konnte sich das nicht zusammenreimen, behielt es aber für sich und sagte: »Dazu darf es nicht kommen. Wenn ihr erst mal im Westen seid, wird er dich ja sicher rauslassen aus deinem Versteck. Du steigst also um, nach vorn in den Wagen, der die Prinzenstraße entlangfahren wird, wenn er zur Hasenheide will, und verlässt den Wagen unter irgendeinem Vorwand beim U-Bahnhof Prinzenstraße.« Er machte eine Pause und sah sie an.

»Mir wird schon was einfallen, Rick. Mach dir darum keine Sorgen. Und dann?«

»Du läufst so schnell du kannst in den U-Bahnhof Prinzenstraße und fährst eine Station bis zum Halleschen Tor. Dort steigst du wieder aus, nimmst dir ein Taxi und fährst zur Potsdamer Straße, Ecke Bülowstraße. Ich werde dich da erwarten, sicherheitshalber so ab siebzehn Uhr dreißig, und bringe dich dann in ein Hotel.«

Schweigend gingen sie ein Stück weiter, dann sagte Lilli: »Rick, ich habe kein Westgeld für die U-Bahn und fürs Taxi.«

»Bei der U-Bahn müssen wir's drauf ankommen lassen, du musst schwarzfahren. Beim Taxi löse ich dich aus. Es ist zu gefährlich, wenn du Westgeld bei dir hast, falls sie dich durchsuchen. Es würde dich verraten.«

»Du hast recht.« Sie nickte heftig. »Ich werde alles genauso machen, Rick.«

»Gut. Ich glaube, es ist besser, wenn wir uns jetzt bald trennen.«

Sie gingen zum Strausberger Platz zur U-Bahn. Ihr Schatten blieb beharrlich hinter ihnen. Unterwegs fragte Lilli: »Weißt du etwas über Benjamin?«

»Er ist in Westberlin, jedenfalls steht er im Telefonbuch. Angerufen habe ich ihn noch nicht.«

Der Schatten folgte ihnen in die U-Bahn. Auf dem Weg zum Alexanderplatz füllte sich die U-Bahn immer mehr, und schließlich war ihm die Sicht auf Rick und Lilli, die dicht an dicht mit anderen Menschen standen und deshalb nicht zu reden wagten, verstellt.

Als der Zug beim U-Bahnhof Alexanderplatz hielt, blickten sie sich zum letzten Mal an, und Rick verschwand in der hinein- und hinausströmenden Menge. Lilli blieb in der U-Bahn stehen, und als sie sich wieder in Bewegung setzte, bemerkte sie, dass ihr Schatten noch da war. Er hatte sich täuschen lassen.

Rick Jankowski stand auf dem Bahnsteig des S-Bahnhofs Friedrichstraße, sah einigen Betrunkenen zu, die beim Duty-free-Kiosk herumtaumelten, fühlte sich beobachtet, ohne zu wissen, von wem, und schrieb das seinen Nerven zu.

Die S-Bahn fuhr in den Bahnhof. Rick stieg ein, setzte sich ans Fenster und blickte hinaus.

Vor seinen Augen, auf dem Bahnsteig, ging ein großer dünner Mann auf und ab, gestikulierte mit beiden Armen und redete pausenlos lautlos auf jemand Unsichtbaren ein. Sein mageres, unrasiertes Gesicht hatte tiefe Falten, und sein weiter Mantel flatterte beim Gehen um ihn herum. Rick dachte an den Mann an seinem Tisch in der Gaststätte am Alexanderplatz.

Er schloss die Augen und versuchte, sich Lillis Gesicht ins Gedächtnis zu rufen, aber es war, als wäre ihm das vor ihrer Begegnung leichter gefallen als jetzt, nachdem er sie gerade erst gesehen hatte. Der Zug setzte sich in Bewegung. Rick saß da wie jemand, der ganz in seinen Träumen versunken ist.

12
Der Tag vor dem Abend

Ostberlin, Freitag, kurz vor siebzehn Uhr. Lilli wartete schon länger als eine halbe Stunde. Ein eisiger, schneidender Wind fegte über den Alexanderplatz und zerrte an ihr, als sie vor dem *Café Polar* auf und ab ging. Sie zitterte und versuchte sich einzureden, es käme von der Kälte. Aber es war nicht die Kälte allein.

Der weitläufige, großzügig angelegte Platz war in ein bläuliches, kaltes Licht getaucht, und am Himmel zogen schwere Wolken. Sie hatte nichts weiter bei sich als das, was sie am Körper trug, ihre Umhängetasche und ein zusammengerolltes Exemplar des *Neuen Deutschland* vom selben Tag in ihrer linken Hand. Sie hatte dicke grobe Fingerhandschuhe aus Wolle an. Sie blickte angestrengt umher und musterte die Menschen, die an ihr vorbei über den Platz hasteten. Der scharfe Wind trieb ihr das Wasser in die Augen.

»Ach, hätten Sie nicht vielleicht Lust, einen Kaffee mit mir zu trinken?«

Sie hob den Blick. Der Mann, der vor ihr stand, machte eine einladende und dennoch hilflose Geste, lächelte verlegen und vermied es, ihr in die Augen zu sehen. Er trug einen dunklen Ledermantel und wirkte, als ob ihm ebenfalls mächtig kalt sei. Lilli schüttelte den Kopf. »Nein, danke«, und ging ein paar Schritte weiter, in der Hoffnung, ihn so am schnellsten loszuwerden.

»Es kann auch was anderes sein als Kaffee.« Er sah ihr einen Augenblick nach, dann zog er die Schultern hoch und ging weiter.

Der Mann, der diese Szene beobachtet hatte, trug einen dreiviertellangen dunkelgrünen Nylonparka und eine rote Pudelmütze. In seiner rechten Hand hielt er eine weiße Plastiktüte ohne Aufschrift. Er trat auf Lilli zu, rieb sich die Hände und sagte, während die Plastiktüte an seinem rechten Handgelenk baumelte: »Essen Sie gerne Bananen?« Lilli deutete mit der zusammengerollten Zeitung auf seine Plastiktüte und antwortete:

»Nur, wenn sie schon gelb sind.«

»Dann sind wir hier miteinander verabredet«, entgegnete er. Er war zwischen vierzig und fünfzig, ein dicklicher, sanft wirkender Mann mit müden Augen und einem Doppelkinn.

»Und was nun?«, fragte sie.

»Jetzt gehen wir zum Wagen, und dann fahren wir rüber, was sonst? Kommen Sie.« Er nahm ihren Arm, hakte sich bei ihr ein, und sie gingen über den Platz.

»Gott sei Dank, dass wir uns nicht verfehlt haben!«, sagte sie und zitterte wieder.

»Aber, aber, junge Frau, bleiben Sie ganz ruhig, wird schon schiefgehen!«, erwiderte er beruhigend.

Ihr kam plötzlich der Gedanke, dieser Mann könnte im Auftrag des Stasi handeln. Dann hatte er sicher auch den Auftrag, sie wieder zurückzuschaffen. Sie erschrak und fragte: »Haben Sie so was schon öfter gemacht?«

»Wo denken Sie hin?« Seine Stimme klang leicht beunruhigt. Er tätschelte ihren Arm und fügte hinzu: »Das macht man höchstens einmal, wenn überhaupt. Jetzt tun Sie mir einen Gefallen und nehmen sich zusammen, ja?«

»Ich werde mir Mühe geben«, sagte sie.

»Sie machen gar nichts«, sagte er. »Sie liegen da drin und sind still, alles andere mache ich.«

»Wo ist denn der Wagen?«

»Wir sind gleich da. Reden Sie ruhig, wenn es Sie erleichtert, aber wenn Sie erst mal drin sind, dann keinen Mucks mehr, verstanden?«

Sie nickte.

»Reden Sie nur, wenn Sie wollen. Hauptsache, nachher halten Sie den Mund.«

Sie spürte, dass er längst nicht so ruhig und gelassen war, wie er vorgab, und war erleichtert darüber.

»Na, sehen Sie«, sagte er weiter, »wird schon schiefgehen. Sie wollen doch hier raus, oder etwa nicht?«

»Ja.«

»Na, also. Und genau das werden wir jetzt tun.«

»Würden Sie mir eine Frage beantworten?«

Er blickte sie an. »Schießen Sie los.«

»Was kriegen Sie denn dafür, dass Sie das tun?«

»Sie meinen wie viel? Warum wollen Sie das wissen, Sie bezahlen mich doch nicht, oder?«

»Ach, nur so.«

»Warum soll ich Ihnen das nicht sagen, fünftausend Märker krieg ich. Wir werden es schaffen, und ich werde mein Geld kriegen.«

Sie warf ihm einen Blick zu und fragte: »Warum sind Sie eigentlich so sicher, dass alles klappt?«

»Weil ich von Hause aus Optimist bin, und weil der Wagen so präpariert ist, dass das zusätzliche Gewicht nicht auffallen wird, deswegen. Sind Sie jetzt zufrieden?«

»Sie dürfen mich nicht falsch verstehen, wenn ich solche Fragen stelle, aber ...«

»Schon gut«, erwiderte er. »Sie sind ein bisschen nervös, das ist ja klar. Am besten denken Sie jetzt gar nicht mehr weiter darüber nach, sondern überlassen alles mir, okay?«

»Gut.« Sie lächelte.

Sie gingen weiter, und nach einer Weile war er es, der reden musste. »Ich esse übrigens wirklich gerne Bananen. Bananen roh, gebraten, gedünstet, Bananendrinks, ich steh einfach drauf. Bananen-Paule, so nennen mich meine Freunde.« Er klopfte sich mit der flachen Hand auf den Mund. »Ach, jetzt hab ich Ihnen doch glatt meinen Namen gesagt. Aber Paul heißen ja viele, was?«

»Ich heiße Lilli«, sagte sie. »Ich werde Ihnen keine Schwierigkeiten machen, darauf können Sie sich verlassen.«

»Gut.« Er blieb stehen. »So, hier ist der Wagen.« Es war ein grauer Opel Rekord mit Bochumer Kennzeichen.

Sie blickte auf den Kofferraum. »Da soll ich also rein.«

»Jetzt noch nicht. Sind zu viele Leute unterwegs hier. Wir fahren erst noch ein Stück, und dann steigen Sie um.«

Lilli blickte rasch nach allen Seiten, bevor sie nach vorn in den Wagen stieg, aber sie entdeckte niemanden, der sie in diesem Augenblick zu beobachten schien, auch später nicht, als sie ihren Platz im Kofferraum einnahm und in den Plastiksack schlüpfte, der dort für sie bereitlag. Dennoch war sie sicher, dass sie beschattet wurden.

Dann lag sie in dem engen Plastiksack im Kofferraum, schwitzte und bekam kaum Luft. Sie redete sich immer wieder ein, dass der Grenzübertritt ja eine abgekartete

Sache war, aber sie hatte trotzdem Angst, besonders wenn sie an das Nachher dachte. Jedes Mal, wenn der Wagen bremste oder halten musste, stieß sie sich schmerzhaft am Blech. Bald verlor sie das Zeitgefühl. Der Wagen war auf dem Weg zur Grenze. Und ihre Angst wuchs. Sie dachte sogar daran zu beten, aber absurderweise fielen ihr nur die ersten zwei Zeilen eines Kindergebetes ein. »Lieber Gott, mach mich fromm, dass ich in den Himmel komm.« Wieder hielt der Wagen. Und diesmal dauerte es länger. Sie lag ganz still und atemlos da und hätte doch am liebsten geschrien. Raus, ich will hier raus! Dumpf und entfernt vermeinte sie Schritte und Stimmen zu hören, doch war es genauso gut möglich, dass ihre überreizten Sinne ihr das nur vorgaukelten. Der Wagen stand immer noch. Es dauerte lange, viel zu lange, wie ihr schien. Endlich ruckte er wieder an und fuhr langsam weiter. Kurz darauf hielt er erneut. Das ging noch einige Male so, bis sie jede Orientierung verloren hatte.

Eine Ewigkeit später hielt der Wagen wieder, und sie hörte, wie die Fahrertür zugeschlagen wurde. Dann klopfte jemand auf das Blech über ihr, der Kofferraum wurde geöffnet, Licht von einer Straßenlaterne fiel hinein, und jemand befreite ihren Kopf aus dem Plastiksack. Es war Paul.

Er strahlte über das ganze Gesicht. »Sie können rauskommen, junge Frau. Wir haben es geschafft!« Lilli starrte ihn an und zitterte. Sie brachte kein einziges Wort heraus und wollte gar nicht weinen, aber die Tränen liefen ihr ganz von selbst über das Gesicht.

Paul hob sie aus dem Kofferraum heraus und stellte sie auf die Füße. Ihre Knie gaben nach, und sie wäre sicher hingefallen, wenn er sie nicht aufgefangen und an sich gepresst hätte.

»Aber, aber, junge Frau. Es ist doch alles gut. Sie sind im Westen, und ich krieg mein Geld! Das ist doch prima für uns beide, besser könnte es doch gar nicht sein!« Er klopfte ihr beruhigend mit der flachen Hand auf den Rücken.

Einen Augenblick lang standen sie so da. Schließlich sagte sie mit unsicherer Stimme: »Schon gut, vielen Dank, es geht schon wieder.«

»Na, dann will ich Sie mal dahin bringen, wo ich Sie abliefern soll. Sicher wartet dort jemand auf Sie, der es gar nicht erwarten kann, Sie endlich bei sich zu haben, was?«

Sie nickte kurz und stieg vorn zu ihm in den Wagen. Er stellte das Radio an, und sie hörten jemanden schmatzen. Dann sagte eine Männerstimme mit gespielter Strenge: »Aber Lilo, man schmatzt doch nicht beim Essen«, und eine penetrante Frauenstimme fügte hinzu: »Aber Vati, Meiers Joghurt ist doch wirklich zum Schmatzen!« Dem folgte ein Tusch.

Paul machte das Radio wieder aus und sagte: »Na, sind Sie jetzt froh?«

Lilli warf ihm einen kurzen Blick zu und versuchte zu lächeln. »Jetzt müsste doch gleich der U-Bahnhof Prinzenstraße kommen?«

»So ist es. Der U-Bahnhof Prinzenstraße in Westberlin.« Er lachte.

»Ach bitte, ich hätte einen Wunsch!«

»So, was denn?«

»Ich möchte mir da eine Zeitung kaufen. Können Sie mir zwanzig Pfennig borgen?«

Paul lachte wieder. »Für zwanzig Pfennig kriegen Sie

im Westen schon lange keine Zeitung mehr, junge Frau.« Er hielt an. »Warten Sie, ich besorg Ihnen eine.«

»Nein, nein«, entgegnete Lilli hastig, »ich will sie mir schon selber holen, verstehen Sie?«

Er zuckte die Achseln.

»Meinetwegen«, sagte er, »wenn Sie unbedingt wollen. Aber beeilen Sie sich, ich kann hier nicht lange stehen bleiben, es ist Parkverbot.« Er kramte in seiner Hosentasche, fischte ein Zweimarkstück heraus und gab es ihr. »Hier, ich hab's nicht kleiner.«

»Danke.« Sie nahm das Geld, stieg aus dem Wagen, warf die Tür hinter sich zu und überquerte die Straße. Als sie gerade auf der anderen Seite angekommen war, sah sie ein freies Taxi heranfahren. Aus einem plötzlichen Impuls heraus winkte sie. Das Taxi hielt auf ihrer Höhe an, sie stieg ein und fuhr mit dem Wagen weg.

Paul, der die Szene aus seinem Wagen heraus beobachtet hatte, stieg aus, kratzte sich am Hinterkopf und blickte mit offenem Mund dem Taxi mit Lilli nach.

Das hellblaue Auto, das hinter ihm gewendet hatte und Lillis Taxi verfolgte, fiel ihm nicht weiter auf. Es war ein Audi mit Westberliner Kennzeichen.

Westberlin, Freitag, Potsdamer Straße, Ecke Bülowstraße. Rick Jankowski sah auf die Uhr. Es war kurz vor sechs. Auf der Potsdamer Straße brauste der Feierabendverkehr, und oben auf der Brücke fuhr donnernd eine U-Bahn ein. Er starrte angestrengt auf die Straße, als wolle er das Taxi mit Lilli durch seine Blicke herbeizwingen. »Rick!« Er hörte seinen Namen, drehte sich um und sah sie. Sie lief mit ausgebreiteten Armen auf ihn zu. Er umarmte sie und hielt sie fest.

»Rick, das Taxi, ich hatte doch kein Geld.«

Der Taxifahrer hatte ihnen grinsend zugesehen. Er beugte sich über den Beifahrersitz, drehte das Fenster herunter und sagte: »Det macht mir immer selber 'ne Freude, wenn ick andern Menschen 'ne Freude machen kann, neunfuffzich, der Herr.«

Rick gab ihm einen Zehnmarkschein und wandte sich wieder Lilli zu.

»Komm, gehen wir. Ich bringe dich jetzt in ein Hotel.«

»Rick, lass mich bitte nicht allein«, sagte sie.

Er legte den Arm um ihre Schultern. »Ich muss unbedingt noch mal zurück, kündigen und meine Sachen holen.«

»Geh nicht! Müller-Pankow wird da sein, und jemand vom Stasi auch, die wollen mich doch zurückbringen.«

Er sah sie an und entgegnete: »Ich kann nicht einfach so verschwinden, das ist nicht meine Art. Es wird nicht lange dauern, dann bin ich wieder da. Im Hotel ist ein Zimmer reserviert, dort wartest du auf mich. Keine Angst, jetzt kann uns nichts mehr passieren.«

Der hellblaue Audi, der dem Taxi gefolgt war, fuhr in einigem Abstand hinter Rick und Lilli her, und die beiden Männer beobachteten, wie sie im Hotel *Caro* verschwanden. Sie parkten ihren Wagen einige Meter vom Hotel entfernt und warteten.

Rick und Lilli gingen die Treppen hoch, und er klingelte. Minnie öffnete ihnen. »Ach, da sind Sie ja! Es ist alles vorbereitet. Hier ist Ihr Schlüssel. Zimmer vier, den Gang rein und dann gleich links die erste Tür.«

»Danke.« Rick nahm den Schlüssel.

Minnie schlurfte hinter die Theke zurück und zündete sich eine Zigarette an.

Rick schloss die Tür auf, und sie gingen in das Zimmer. Er machte das Licht an. Auf dem Nachttisch standen ein frischer Strauß roter Rosen, eine Flasche Champagner mit zwei Gläsern, und neben der Flasche lag noch ein Bündel Bananen. Rick machte eine hilflose Handbewegung.

»Ich weiß, es ist schäbig hier, aber es ist ja nicht für lange.«

»Ach Rick, was redest du da, es ist ein wunderschönes Zimmer.« Sie warf ihren Mantel aufs Bett, umarmte ihn und sagte leise: »Und du bist da.«

Ihm war plötzlich die Kehle wie zugeschnürt, und er brachte kein Wort heraus. Er nahm ihr Gesicht in beide Hände und küsste sie.

»Geh nicht gleich wieder weg, Rick. Komm, zieh deinen Mantel aus.«

»Lilli, ich muss noch mal da hin.«

»Ja, aber nicht sofort«, sagte sie und umarmte ihn wieder. »Und du hast mich wirklich die ganzen Jahre über nicht vergessen?« Sie ließ ihn los und sah ihn an.

Er schüttelte den Kopf und lächelte. »Nicht einen Tag.«

Sie erwiderte sein Lächeln und sagte: »Jetzt wirst du mich so schnell nicht wieder los.«

Wenig später verließ Rick Jankowski das Zimmer, ging schnell am Empfang vorbei und hinaus ins Freie. Die beiden Männer in dem hellblauen Audi warteten, bis Rick sich entfernt hatte, dann stiegen sie aus und gingen rasch ins Hotel *Caro*. Der eine von ihnen war groß und schwammig, der andere war mittelgroß, ziemlich mager und hatte eine Halbglatze.

Carmen Lehmann saß in ihrem Büro an der Schreibmaschine und schrieb noch Briefe für WKL. Das war so eine seiner für sie unangenehmen Eigenschaften, abends nach Büroschluss noch Post zu erledigen. Sie hatte den Eindruck gehabt, dass er schon ein wenig angetrunken gewesen war, als er die Briefe diktiert hatte. Sie warf einen Blick auf ihren Stenoblock und seufzte.

Trotzdem war es erstaunlich, dass er sie dafür zu sich nach oben zitiert hatte; das war schon lange nicht mehr vorgekommen, normalerweise sprach er seine Briefe auf Band. Und sie fand, dass er heute sehr nett zu ihr gewesen war. Sie hatte wieder Mitleid mit ihm gehabt, obwohl sie schon vor langer Zeit beschlossen hatte, nichts mehr für ihn zu empfinden.

Sie sah auf ihre Uhr. Es war viertel nach sieben. Sie seufzte wieder, stand auf, trat ans Fenster und blickte hinaus auf die Hasenheide. Der Feierabendverkehr ließ langsam nach. Wieder kam es ihr gespenstisch vor, den Verkehr zu beobachten und außer dem leisen Surren der elektrischen Schreibmaschine sonst keinen fremden Laut zu hören. Ihr Blick fiel auf die Topfpflanze, die Rick an seinem ersten Tag hier näher ans Fenster gestellt hatte.

Sie lächelte vor sich hin und dachte, das ist mal wieder typisch für dich, Carmen Lehmann, verknallst dich in einen Kerl, der ganz verrückt nach einer anderen ist. Diese Lilli. Sie wollte sie wenigstens von hier durchs Fenster sehen, denn auf andere Weise würde sie sie wohl kaum zu Gesicht bekommen, denn Dr. Schupp und Müller erwarteten Paul und sie im zweiten Stock, in Dr. Schupps Büro.

Die Briefe! Sie seufzte erneut, setzte sich wieder an die Schreibmaschine und tippte weiter.

Dr. Friedhelm Schupp saß hinter seinem Schreibtisch, hatte seine Armbeugen auf die Sessellehne gestützt, seine Hände wie zum Gebet zusammengelegt und sah mit kalten kleinen Augen Müller zu, der rastlos in Schupps Büro auf und ab ging. »Nervös?«

Müller blieb stehen und sah auf seine Uhr. Er hatte einen hochroten Kopf, und seine Stirn glänzte feucht. »Sie müssten doch längst hier sein!«

»Sagen wir lieber, sie müssen jeden Augenblick kommen. Kein Grund zur Beunruhigung. Es wird alles so kommen, wie es geplant ist.«

Müller nahm die Brille ab und tupfte sich mit einem weißen Stofftaschentuch das Gesicht ab. »Ich begreife nicht, wie Sie so ruhig bleiben können. Wenn nun doch was schiefgegangen ist!«

»Aber nein, warum sollte es denn ausgerechnet diesmal«, erwiderte Dr. Schupp mit seiner sonoren, selbstbewussten Stimme. »Ich hab Ihnen doch schon gesagt, WKL hat sich persönlich darum gekümmert.«

Müller faltete sein Taschentuch zusammen und steckte es wieder ein. »Sie scheinen ja große Stücke auf ihn zu halten, aber mir kommt er, ehrlich gesagt, eher etwas eigenartig vor. Etwas sehr eigenartig.«

»Eigenartig, inwiefern?«

»Ich bitte Sie! Nicht nur, dass er sich weigert, einem die Hand zu geben – der Mann führt sich ja auf, als seien alle anderen Menschen außer ihm aussätzig!«

Dr. Schupp winkte ab. »Eine Marotte«, entgegnete er geringschätzig. »Das sagt doch überhaupt nichts über seine Fähigkeiten.«

»Und dann dieses total überwachte Haus hier – das ist doch nicht normal!«

»Nicht normal? Da vergreifen Sie sich wohl etwas«, erwiderte Dr. Schupp mit scharfem Unterton, so dass Müller ihn erstaunt ansah, und fügte schnell und beschwichtigend hinzu: »Der Mann handelt nun mal nicht mit Heringen. Und vergessen Sie nicht, was er für Sie tut.«

»Dafür wird er gut bezahlt«, sagte Müller. Eine Spur von Verachtung schwang in seiner Stimme mit.

Dr. Schupp blickte versonnen auf seine Hände und bewegte der Reihe nach seine Finger. »Ganz recht, Sie werden bezahlen.«

Müller runzelte die Stirn und nestelte nervös an seiner Krawatte. Er sah Dr. Schupp an und sagte: »Und was soll dieser bedeutungsvolle Tonfall, wenn ich fragen darf?«

»Bitte? Das haben Sie doch selbst eben gesagt, ich zitiere Sie nur.«

Müller schwieg.

Dr. Schupp betrachtete ihn mit unverhohlener Genugtuung. Das Telefon klingelte. Dr. Schupp nahm den Hörer ab. »Ja?«

»Der Fahrer ist da«, sagte Carmen Lehmann, »ich hab ihn eben reingelassen.«

»Gut. Wenn Sie den Fahrer nachher ausgezahlt haben, können Sie nach Hause gehen, Fräulein Lehmann.«

»Kann ich nicht. WKL will unbedingt heute noch Briefe unterschreiben«, entgegnete sie.

»Das wusste ich nicht. Entschuldigung.« Er legte auf.

»Was ist?«, fragte Müller hastig. »Sind sie endlich da?«

Dr. Schupp legte die Fingerspitzen zusammen und nickte.

Müller atmete tief aus. »Gott sei Dank! Ich war schon so in Sorge!«

Es klopfte. Paul kam herein.

»Wo bleiben Sie denn so lange, Mann, und wo ist die Frau? Sie sollten sie doch hierherbringen!«, fragte Dr. Schupp, bevor Paul etwas sagen konnte.

Paul zuckte die Schultern, hob beide Hände und ließ sie resigniert wieder fallen. »Ehrlich gesagt, ich weiß nicht, wo sie ist.«

»Was soll das heißen?«, fragte Dr. Schupp scharf. »Es ist doch alles gutgegangen, sonst wären Sie doch auch nicht hier! Nun reden Sie schon, Mann!«

Müller trat mit schnellen Schritten auf Paul zu, packte ihn an den Schultern und schüttelte ihn heftig. »Reden Sie! Was ist passiert?«

Paul machte sich aus Müllers Griff frei und schob ihn von sich. »Fassen Sie mich nicht an, ja! Was kann ich denn dafür, wenn die durchdreht!«

»Wenn ihr was passiert ist, mache ich Sie dafür verantwortlich!«, schrie Müller. Es war nicht ganz klar, wen er damit meinte.

»Halten Sie den Mund und setzen Sie sich hin«, sagte Dr. Schupp mit befehlsgewohnter Stimme zu Müller, und an Paul gewandt: »Und Sie erzählen jetzt mal ganz genau der Reihe nach, was passiert ist, wenn ich bitten darf!«

Paul berichtete von der geglückten Flucht bis zu dem Moment, wo ihm Lilli abhandengekommen war. »Sie stieg in ein Taxi, und weg war sie! Ich war wie vom Donner gerührt. Ich bin erst gar nicht auf die Idee gekommen, hinterherzufahren; tut mir leid! Und es ging ja auch alles so schnell – als ich dann endlich geschaltet hatte, war es schon zu spät. Das Taxi war weg. Ja, also, ich war so durcheinander, ich musste erst mal einen Schnaps trinken, deswegen komme ich ein bisschen später. Irgendwie hatte ich ja auch gehofft, dass sie vielleicht schon hier wäre. Aber das war wohl ein Irrtum.«

Müller hatte ihm mit gerunzelter Stirn zugehört. Er streckte seinen Arm aus und deutete auf Dr. Schupp. »Das ist ja wohl der Gipfel! Ich verlange eine Erklärung, und zwar von Ihnen und sofort! Sie sind verantwortlich für das Unternehmen!«

Dr. Schupp zog die Augenbrauen hoch und griff nach einer Zigarette. »Bitte, das wollen wir doch lieber unter vier Augen besprechen.«

»Ja, und was ist mit mir?«, fragte Paul. »Was ist mit meinem Geld? Die Frau ist hier im Westen, darauf können Sie sich verlassen!«

»Schon gut.« Dr. Schupp winkte ab. »Sie kriegen Ihr Geld. Gehen Sie runter ins Sekretariat, Fräulein Lehmann wird das erledigen.«

»Okay«, sagte Paul. »Ich meinte ja auch nur. Ich hab nämlich wirklich meinen Vertrag erfüllt.«

Dr. Schupp zündete sich seine Zigarette an und nickte. »Gut, gut, ich glaub's Ihnen ja. Für Sie ist die Angelegenheit damit erledigt.«

Paul warf Müller, der zusammengesunken vor dem Schreibtisch saß, einen bekümmerten Blick zu. »Tut mir leid, ich kann wirklich nichts dafür.«

»Gehen Sie jetzt«, sagte Dr. Schupp. Er lehnte sich zurück und zog genüsslich an seiner Zigarette.

Als Paul das Zimmer verlassen hatte, sprang Müller wieder auf und rief erregt: »Ich sag's Ihnen noch mal, Sie sind verantwortlich für dieses Unternehmen!«

»Ja, das sagten Sie bereits.«

»Und nun? Was gedenken Sie zu tun?«

Dr. Schupp sah dem Rauch seiner Zigarette nach, der

sich nach oben kräuselte, und entgegnete mit gespielter Überraschung: »Ich? Gar nichts.«

»Was soll das, bitte, heißen – gar nichts?«

Dr. Schupp drückte seine Zigarette aus und machte eine wegwerfende Handbewegung. »Es sieht so aus, als ob wir nichts anderes tun können als abwarten, nicht wahr?«

Carmen Lehmann zog eine Schreibtischschublade auf, entnahm ein Bündel Geldscheine und legte es auf den Tisch. »Da! Zählen Sie nach!«

»Danke, ich glaub's Ihnen auch so«, sagte Paul.

»Zählen Sie trotzdem nach, und dann unterschreiben Sie bitte die Quittung hier.«

Paul nahm das Geld und fing an nachzuzählen.

»So, sie ist Ihnen also entwischt«, sagte Carmen Lehmann.

Paul nickte und bewegte die Lippen beim Zählen.

»Sie ist Ihnen einfach entwischt«, wiederholte sie und lächelte.

Paul nickte und steckte das Geld ein. »Ja, und wissen Sie, was ich mir dann gedacht habe?«

»Nein, was denn?«

»In den Westen, das wollte sie schon, und das ist sie ja nun auch. Aber vielleicht wollte sie gar nicht zu dem Kerl, der hier auf sie wartet, verstehen Sie?«

»Meinen Sie?«, fragte Carmen Lehmann, und ihr Lächeln verstärkte sich. »Wie ist sie denn sonst so, wie finden Sie denn die Dame?«

»Sie war fürchterlich aufgeregt und nervös. Ich konnte sie kaum beruhigen. War gar nicht so einfach, klaren Kopf zu behalten.« Er lachte. »Aber nun ist es ja überstanden. Wie ich persönlich sie finde, wollen Sie wissen?«

»Ja. Hat sie denn überhaupt keinen Eindruck auf Sie gemacht?«

Er zuckte die Schultern. »Kann ich eigentlich nicht sagen. Mein Typ ist sie nicht. Sie dagegen«, er grinste, »wollen wir nicht mal zusammen essen gehen oder so was? Im Augenblick kann ich's mir nämlich grade leisten.«

Carmen Lehmann lachte abwehrend. »Nenee, das wollen wir mal lieber sein lassen. Und wenn ich Sie wäre, würde ich mein sauer verdientes Geld nicht gleich wieder zum Fenster rauswerfen.«

»Ach was, das muss doch gefeiert werden! Na, wie wär's mit uns beiden?«

»Nichts da, kommt nicht in Frage.« Sie schob ihm die Quittung hin. »Erst unterschreiben, sonst kommen Sie hier nicht raus.«

»Schade«, sagte Paul mit gespielter Enttäuschung. »Wir würden ein schönes Paar abgeben, glauben Sie mir.«

Er nahm den Kugelschreiber, den sie ihm hinhielt, und setzt in leserlicher, sauberer Schrift seinen Namen unter die Quittung: Paul Wehmeier.

»Tut mir leid, WKL«, sagte Rick Jankowski, »aber mein Entschluss steht fest.« Er legte die Pistole im Halfter auf den niedrigen Glastisch und den Hausschlüssel daneben.

WKL kniff die Augen zusammen und musterte ihn von oben bis unten. Er trank einen Schluck Whisky und stellte das Glas hart auf den Tisch. »Wollen Sie denn mehr Geld? Können Sie meinetwegen haben.«

Rick schüttelte den Kopf. »Darum geht es nicht.«

»Worum denn?«, fragte WKL hartnäckig. »Warum wollen Sie unbedingt auf der Stelle kündigen? Sagen Sie mir den Grund, vielleicht verstehe ich's dann.«

»Es ist einfach nicht der richtige Job für mich«, sagte Rick. »Das ist alles.«

»Wir haben einen Vertrag.«

»Es ist noch Probezeit.«

»Ja, ja, weiß ich.« WKL stützte das Kinn in den Handteller und blickte Rick an. »Natürlich weiß ich, dass ich Sie nicht halten kann, wenn Sie unbedingt weg wollen. Aber versuchen kann ich's doch wenigstens, das ist mein gutes Recht, oder?«

Rick lächelte und schwieg.

»Sie haben Angst, stimmt's?«, fragte WKL, und sein Gesicht nahm einen listigen Ausdruck an.

»Lassen wir das doch«, sagte Rick. »Es ist nun mal so.«

»Schade. Ich hab Sie gern um mich gehabt, und das kann ich wahrhaftig nicht von vielen Menschen sagen.«

»Da ist noch etwas«, sagte Rick, »ich habe zweitausend Mark Vorschuss bekommen ...«

WKL unterbrach ihn mit einer heftigen Handbewegung. »Quatsch! Können Sie behalten, haben Sie sich verdient.«

Rick stand von der Couch auf. »Ja, dann.«

WKL erhob sich ebenfalls, streckte seine Hand aus und sagte: »Geben Sie mir Ihre Hand, Herr Jankowski!«

In diesem Augenblick klopfte jemand laut und heftig gegen die Tür.

WKL ließ Ricks Hand los und sagte: »Moment, warten Sie noch«, er ging auf unsicheren Beinen zum Schreibtisch und blickte auf einen seiner Monitore. »Müller! Was will der denn, müsste doch alles erledigt sein.«

Rick verzog keine Miene.

WKL löste den Öffnungsmechanismus der Tür aus und ließ sich in den dunkelroten Schreibtischsessel fallen.

Müller stürmte herein. Er war offensichtlich sehr erregt, richtete anklagend den Zeigefinger auf WKL und schrie mit überschnappender Stimme: »Ich will jetzt von Ihnen wissen, was für ein Spiel hier gespielt wird!«

Rick sah, wie WKL das Blut ins Gesicht schoss und die Zornesader auf seiner Stirn anschwoll. »Sagen Sie meinetwegen, was Sie wollen, aber schreien Sie mich nicht an, sonst lasse ich Sie von Herrn Jankowski hier rauswerfen, verstanden?«

Müller drehte sich zu Rick um, machte ein paar Schritte auf ihn zu und fixierte ihn. »Ach! Jankowski? Sie habe ich doch auch schon mal irgendwo gesehen.« Er wandte sich an WKL. »Ich warte auf Ihre Antwort.«

»Scheren Sie sich zum Teufel«, sagte WKL. »Sie sind mir vom ersten Augenblick auf die Nerven gegangen.«

Müller bückte sich unvermittelt, griff nach Ricks Pistole, die auf dem Glastisch lag, zog sie aus dem Halfter, ging einen Schritt von Rick weg, lud durch und richtete sie auf WKL. »Sie werden mir antworten! Los, raus mit der Sprache!«

WKL stieß verächtlich den Atem aus und lachte glucksend. »Wenn Sie wüssten, wie komisch Sie mit diesem Schießeisen aussehen, Sie Angeber. Denken Sie etwa, damit können Sie mir imponieren?« Er zog die Schreibtischschublade auf, nahm eine Pistole und ein volles Magazin heraus und legte beides vor sich auf die Schreibtischplatte.

»Na, was sagen Sie jetzt?«, sagte er und schob betont langsam das Magazin in die Pistole.

»WKL, nicht!«, rief Rick. Er sprang auf, stellte sich zwischen Müller und WKL und sagte: »Nehmen Sie doch Vernunft an!« Aber keiner von beiden hörte auf ihn.

»Gehen Sie mir aus dem Weg«, sagte Müller drohend.

Rick hob abwehrend beide Hände und ging langsam auf Müller zu. Und dann geschah es. Rick stürzte sich auf Müller, der im selben Moment abdrückte. Der Knall war ohrenbetäubend, und scharfer Pulverdampf entfaltete sich. Im ersten Augenblick spürte Rick den Streifschuss kaum. Er prallte auf Müller, riss ihn zu Boden und entwand ihm mit einem Griff die Waffe. Dann stand er auf und spürte den ersten Schmerz im Arm. Er hustete, und seine Augen tränten.

WKL lag mit Gesicht und Oberkörper auf der Schreibtischplatte und rührte sich nicht mehr. Müller hockte auf dem Boden und starrte mit leeren Augen vor sich hin.

»Sie haben ihn erschossen«, sagte Rick. »Sie verdammter Idiot haben ihn umgebracht!« Er musste das Bedürfnis unterdrücken, ihn zu schlagen.

Müller hielt sich die Hände vors Gesicht. Er bebte, als würde er von einer unsichtbaren Faust geschüttelt.

»Ich werde jetzt die Polizei rufen«, sagte Rick und ging zum Schreibtisch. Noch immer hielt er die Pistole in der Hand. Als er nach dem Telefonhörer griff, klopfte es. Er zögerte einen Moment lang, dann aber betätigte er den Öffnungsmechanismus der Tür.

Es war Dr. Schupp. Er kam herein und sagte: »WKL, ich glaube ...« Er brach ab, und sein Blick wanderte von dem regungslosen WKL zu Rick, der noch mit der Pistole in der Hand neben dem Schreibtisch stand. Rick hätte schwören mögen, dass ein verstohlener Ausdruck von Befriedigung in Dr. Schupps Gesicht auftauchte.

Plötzlich sagte Müller in die Stille hinein: »Er war's! Dieser Jankowski! Er hat WKL erschossen!«

Dr. Schupp nickte langsam und sagte: »Das hätten Sie nicht tun sollen, Herr Jankowski!«

»Blödsinn!«, entgegnete Rick heftig, »ich wollte gerade die Polizei anrufen, als Sie reinkamen. Er hat ihn erschossen, ich konnte ihn leider nicht rechtzeitig daran hindern. Hier, ich hab doch selbst was abgekriegt!«

Dr. Schupp lachte sarkastisch und deutete auf WKL, der mit seiner rechten Hand eine Pistole umklammert hielt. »Die Situation spricht aber sehr gegen Sie, Herr Jankowski. Kommen Sie, geben Sie mir jetzt Ihre Waffe.«

Rick spürte einen pochenden Schmerz im Arm. Er überlegte fieberhaft. Seine Chance, dass man ihm glaubte, war gleich null, wenn Müller und Dr. Schupp gemeinsam gegen ihn aussagten, und es sah alles ganz so aus, als würden sie das tun. »Bleiben Sie, wo Sie sind!«, sagte er und ging mit schnellen Schritten zur Tür, warf sie hinter sich zu und fuhr mit dem Fahrstuhl hinunter. Im Fahrstuhl steckte er endlich die Pistole ein, hielt sich den schmerzenden Arm und sah seine Hand an. An seinen Fingern war Blut. Der Mantel, dachte er, ich brauche den Mantel, so kann ich draußen nicht herumlaufen.

Er hielt noch einmal an, stellte den Fahrstuhl auf Halt, lief in ein Zimmer und holte seinen Mantel und sein Tagebuch. Das Gepäck ließ er stehen. Wieder im Fahrstuhl, zog er den Mantel an. Die Schmerzen in seinem Arm wurden stärker. Er verließ das Haus und lief in Richtung Hermannplatz, bis er ein Taxi anhalten konnte, mit dem er weiterfuhr. Unterwegs ließ er es an einer Telefonzelle anhalten und rief im Hotel *Caro* an.

Es dauerte eine Weile, bis jemand ans Telefon ging,

dann sagte eine mürrische Frauenstimme: »Hotel *Caro*, Sie wünschen?« Es war Minnie.

Rick holte tief Luft und sagte, so ruhig er konnte: »Minnie, hier ist Jankowski, können Sie mal bitte meine Freundin an den Apparat holen?«

»Das ist aber komisch«, antwortete Minnie, »die Dame ist nämlich nicht mehr da.«

Rick wagte vor Schreck kaum zu atmen und fragte mühsam: »Hat sie was hinterlassen?«

»Hat se nich. Gleich nachdem Sie weg waren, da sind zwei Herren gekommen, und mit denen ist sie dann weggegangen.«

»Wie sahen die beiden denn aus?«

»Mensch, det weeß ick doch ooch nich mehr, so jenau hab ick da ooch nich hinjekiekt«, sagte Minnie, plötzlich in Dialekt verfallend.

»Minnie, bitte, es ist sehr wichtig!«

»Na, einer war son Dicker, der andre hatte bald keene Haare mehr.«

»Danke«, brachte er gerade noch hervor. Dann legte er auf. Ihm war, als müsse ihm jeden Moment schwarz vor Augen werden. Er riss sich zusammen, machte Benjamins Adresse im Telefonbuch ausfindig, verließ die Telefonzelle und stieg wieder in das Taxi. Der Wundschmerz wurde stärker.

Carmen Lehmann zog den letzten Brief aus der Maschine, legte ihn zu den anderen in die Unterschriftenmappe, stand auf, reckte die Arme nach oben und streckte sich. Sie trat ans Fenster und blickte nach unten. Was sie dort sah, fesselte ihre Aufmerksamkeit.

Drei Männer gingen den Gehweg entlang zu einem

Wagen, der am Straßenrand parkte. Einen der Männer, nämlich Müller, kannte sie. Die anderen hatte sie noch nie gesehen. Müller ging in der Mitte, und obwohl er sich kaum zu wehren schien, sah es ganz so aus, als ob seine zwei Begleiter ihn abführten. Sie bugsierten ihn auf den Rücksitz des Wagens. Einer stieg mit ihm hinten ein, der andere setzte sich auf den Fahrersitz. Dann fuhr das Auto ab. Es war ein großer Wagen, doch Carmen, die sich nicht für Autos interessierte, wusste nicht, welche Marke er war. Seine Farbe war hellblau.

Sie schüttelte den Kopf, nahm die Unterschriftenmappe von ihrem Schreibtisch, verließ ihr Büro und ging zum Fahrstuhl.

Die Tür zu WKLs Arbeitszimmer stand offen, und sie trat neugierig näher. Als sie WKL entdeckte, schrie sie unwillkürlich auf. Ihr erster Impuls war wegzulaufen, aber dann nahm sie sich zusammen und betrachtete ihn aus der Nähe.

Das Schrillen des Telefons ließ sie zusammenzucken. Beinahe hätte sie wieder aufgeschrien. Sie zögerte einen Augenblick lang, dann nahm sie den Hörer ab.

Dr. Schupp sagte: »Ach, da sind Sie! Ich suche Sie schon!« Er senkte seine Stimme und fuhr fort: »Sie sehen ja selbst, was passiert ist. Herr Müller war dabei, Jankowski ist es gewesen. Er ist geflüchtet. Müller hat einen Schock und ist auf dem Weg ins Krankenhaus. Tja, schlimme Sache ist das.« Er machte eine Pause, und als Carmen nichts sagte, sprach er weiter: »Fräulein Lehmann, Sie haben mit der ganzen Sache doch gar nichts zu tun. Ich würde vorschlagen, Sie gehen schnellstens nach Hause und haben von nichts eine Ahnung. Kapiert?«

»Aber man muss doch die Polizei rufen«, sagte sie.

»Hab ich schon gemacht«, erwiderte Dr. Schupp ungeduldig, »gerade deswegen sollen Sie sich ja beeilen!«

»Ist gut«, entgegnete sie, »wenn Sie die Polizei schon gerufen haben, brauch ich es ja nicht zu tun.«

»So ist es! Und nun schleunigst raus hier mit Ihnen!« Es knackte in der Leitung. Dr. Schupp hatte aufgelegt.

Er ist viel zu ruhig, dachte sie, und dass Rick Jankowski der Mörder von WKL sein sollte, das wollte ihr überhaupt nicht in den Kopf. Sie wollte schon weggehen, als ihr Blick auf das kleine Lämpchen des Videogerätes fiel. Es leuchtete. Rein mechanisch und ohne nachzudenken drückte sie auf die Stopp-Taste. Sie wandte sich um, ging zur Tür und hielt in der Mitte des Zimmers wieder inne, weil ihr plötzlich ein Gedanke gekommen war. Sie kehrte zum Schreibtisch zurück, sah sich das Aufnahmegerät noch einmal, diesmal genauer, an, und begriff, dass WKL nicht nur seine versteckten Kameras hatte laufen lassen, sondern dass diese auch aufgezeichnet hatten.

Carmen Lehmann dachte sofort an Rick Jankowski und nahm die Kassette heraus. Sie behielt sie bei sich, als sie das Haus verließ, und hatte den festen Entschluss gefasst, sie sich erst bei einer Freundin anzusehen, bevor sie die Kassette an die Polizei übergab.

Ein leichter Schneeregen hatte eingesetzt.

Dr. Friedhelm Schupp stand am Fenster seines Büros im zweiten Stock und wartete, bis Carmen Lehmann aus dem Haus gegangen war.

Dann verließ er selbst das Haus und ging zur nächsten Telefonzelle, in der Körtestraße, doch er musste erst noch warten. Drinnen stand ein Türke von etwa fünfzig Jahren, der gestenreich und laut mit jemandem in seiner Heimatsprache redete. Dr. Schupp wartete fröstelnd. Angesichts dessen, was eben geschehen war, wirkte er immer noch erstaunlich ruhig.

Der Mann aus der Türkei sah ihn freundlich an, als er sein Gespräch beendet hatte, schlug seinen Jackenkragen hoch und verfiel in einen zockelnden Laufschritt. Dr. Schupp nahm den Hörer ab, warf Kleingeld ein und begann, eine siebenstellige Nummer mit der Vorwahl 0372 zu wählen.

Nach dem vierten Klingeln wurde am anderen Ende der Leitung abgenommen, ohne dass sich jemand meldete. Dr. Schupp sagte: »Hier ist Janus. Mit einer kleinen Ausnahme ist die Angelegenheit ganz in unserem Sinne gelaufen.«

»Sie meinen die Frau? Kümmern Sie sich nicht darum, Genosse.«

»Ich melde mich wieder und berichte ausführlich.«

»Gut. Ende.«

Dr. Schupp legte auf und kehrte in sein Büro in WKLs Haus zurück. Dann erst verständigte er die Polizei.

Bei der kurz darauf folgenden Vernehmung durch die Beamten Liebermann und Frau Rall beschuldigte er Rick Jankowski des Mordes an Werner Karl Lausen.

13
Danach

Wir hatten uns am Abend in der Pizzeria *Il Gufo* verabredet. Carmen Lehmann hatte mein Manuskript gelesen, und ich war gespannt auf ihre Reaktion.

Sie wirkte nachdenklich, als sie mir das Manuskript zurückgab. Ich sprach sie darauf an, und sie entgegnete: »Doch, es könnte so gewesen sein, obwohl ich ja ein paarmal rot geworden bin beim Lesen.«

»Ihre Worte.«

»Meine eigene Schuld. Ich rede eben zu viel. Nur eins hab ich mich dabei ernsthaft gefragt und frag es mich noch: Dadurch, dass Sie Dr. Schupp so eindeutig belasten, sagen Sie doch praktisch, dass er eigentlich nichts anderes ist als dieser Müller, nicht?«

Ich nickte.

»Sicher. Denken Sie nur daran, was Lilli bei ihrer ersten Begegnung in Ostberlin zu Rick gesagt hat – ein Mann vom Stasi würde sie in WKLs Haus erwarten und sich ihrer annehmen. Und außerdem hat er die Polizei viel später angerufen, als er es Ihnen gesagt hatte.«

»Woher wissen Sie denn das, Benjamin?«

»Mir ist das ganz klar. Außerdem hab ich da so meine Verbindungen.«

»Und Müller, was ist mit dem?«

»Der ist von der Bildfläche verschwunden. Kurz nachdem Sie Rick mit der Videokassette von der Mordanklage entlasteten, wurde die ganze Akte ›WKL‹ geschlossen. Eins aber würde mich noch interessieren: Bei unserem ersten Treffen haben Sie auch mir die Existenz dieser Videokassette verschwiegen. Warum?«

Carmen Lehmann nahm einen Schluck Lambrusco. »Ich hatte sie doch selbst noch nicht angesehen.«

»Was hätten Sie eigentlich getan, wenn er es doch gewesen wäre?«

Sie blickte mich an. »Rick?« Und nach einer Pause sagte sie: »Ehrlich, ich weiß es nicht. Aber er ist es ja nicht gewesen, das ist die Hauptsache.« Sie schaute auf ihre Uhr. »Bestellen wir schon, oder warten wir noch auf ihn?«

»Auf wen?«, fragte ich überrascht.

Sie lachte herzhaft. »Auf wen wohl!«

Ein paar Minuten später kam er leibhaftig zur Tür herein. »Rick!«

Wir umarmten uns und setzten uns zusammen an den Tisch.

»Ich dachte, du bist inzwischen sonst wo«, sagte ich.

»Ich war die ganze Zeit hier«, entgegnete er und lächelte Carmen zu. »Sie hat mich versteckt und gesund gepflegt.«

Ich war so perplex, dass ich nicht wusste, was ich sagen sollte. Nach dem Essen fragte ich Rick nach seinen Plänen, aber er wich mir aus.

Er wirkte gedankenversunken, und je länger ich ihn betrachtete, desto mehr verstärkte sich bei mir der Eindruck, dass er immer noch nicht bereit war, Lilli aufzugeben.

Ich sollte recht behalten. Ein knappes halbes Jahr später bekam ich einen Brief. Er war in Ostberlin aufgegeben worden, und der Absender lautete: Rick und Lilli Jankowski.

NACHWORT

Ulf Miehe, eine Erinnerung

Ich erinnere mich an die erste Begegnung, Kreuzpullach bei München, Frühjahr 1980, ein grauer Tag. Ich stand vor einem großen Haus, war höllisch aufgeregt, denn ich kannte ihn ja nicht, diesen Schriftsteller, ich wusste nur: *Puma*, *Ich hab noch einen Toten in Berlin*, zwei grandiose, im Literaturbetrieb damals sehr untypische, ganz auf Tempo und aufs Erzählen bauende (und dazu noch höchst erfolgreiche) Romane, zudem Bundesfilmpreis, befreundet mit Wim Wenders und Tom Waits, befreundet mit Bob Dylan ... Ja, da stand ich nun, geschickt von Klaus Piper, Ulf Miehes Verleger, in dessen Verlag ich seit einiger Zeit als junger Lektor beschäftigt war: Miehe müsse mal wieder liefern, er habe wohl eine Schreibkrise, es komme jetzt ganz auf das nächste Buch an, von dem vermutlich noch keine Zeile existiere. Was der besorgte Herr Piper von mir wollte, war klar: Mach, dass Miehe in möglichst absehbarer Zeit einen neuen Roman schreibt. Aber dass ich das schaffe, könne ich mir eigentlich abschminken, so meine Kollegen.

Angelika, so der Name der Frau, die mir geöffnet hatte, sagte: Ulf ist in seinem Zimmer. Langer Gang, links hinein in einen Raum, der Fernseher lief, und da saß er, ein zarter, fast schmächtiger, lächelnder Mann, den ich von nun an – ich verrate es gleich – jede Woche einmal sehen sollte.

Wir mochten uns auf Anhieb, es gab keinen Moment der Unsicherheit, des prüfenden Abtastens, verlegenen Schweigens. Es mag mit an der Fernsehsendung, an den Bildern und Tönen gelegen haben – es lief ein Mitschnitt eines Konzerts von Tom Petty –, dass wir uns nicht fremd waren und miteinander ins Gespräch kamen. Und es ging sofort und nur um eines: das neue Buch. Ulf Miehe hatte sich gerade von seinem Lektor verabschieden müssen, der ihn jahrelang begleitet hatte – Walter Fritzsche war zu Lübbe gegangen –, und gab mir umgehend Raum, Einblick in das, was ihn bewegte. Heute weiß ich: Er bot mir sogleich seine Freundschaft an. Weil es ihm um das für einen Autor Dringlichste ging: um den nächsten Roman, und weil er wohl witterte, dass wir es miteinander schaffen konnten. (Selige Zeiten, in denen Autor und Lektor noch intensiv an einem Buch arbeiten konnten, ohne dass im Hintergrund die Uhr tickte, ohne dass man sich rechtfertigen musste, warum man wie viele Stunden miteinander verbracht hatte. Ob es das heute noch gibt?)

Ich meine mich zu erinnern, dass der Titel schon feststand, ganz sicher jedoch weiß ich, dass Ulf, der mir erklärte, worum es ihm ging und welches Szenario ihm vorschwebte, in seine Hauptperson verliebt war – und immer schon verliebt war in die Stadt, in der sein neues Buch spielen musste. In Lilli also und in Berlin. Und indem er von diesem Buch sprach, das ihm, im wahrsten Sinne des Wortes, bevorstand, begriff ich rasch, wie ernst er sein Vorhaben nahm und wie genau er wusste, dass Lilli seine ganze Kraft brauchte. Vermutlich war Ulf schon damals, obwohl noch jung, mal eben vierzig, nicht mehr bei bester Gesundheit, und das, obwohl er nicht rauchte, ausschließlich Wasser trank und mit Bedacht aß – und das in einer Zeit, in der man als Künstler noch hemmungslos zu sein hatte.

Tatsächlich gab es noch nicht viel Text in jenen Frühjahrstagen. Erste Skizzen, eine Reihe von Dialogen, einzelne, auch längere Passagen existierten bereits, vor allem aber eine Art Skelett, ein sehr genauer Handlungsaufriss, eine Szenenfolge auf Papier. Und dazu gab es einen Autor, der Hilfe brauchte. Nicht, weil er nicht konnte, sondern weil ihn immer wieder Zweifel übermannten, weil er Angst hatte, nicht an seine ersten Erfolge anknüpfen zu können, weil er besorgt war, seinen Figuren nicht gerecht zu werden.

Lilli Berlin brauchte Zeit. Ulf Miehe legte jeden Satz auf die Goldwaage, um seine Sprache so einfach, so schmucklos wie möglich zu machen, dachte stunden- und tagelang über Handlungsstränge nach, über die Logik kleinster Ereignisse – und nahm mich dabei in Anspruch: als Zuhörer, Kritiker, als unerbittlichen Frager, als jemanden, der Disziplin predigte und Aufgaben stellte, der, was Miehe verlangte, dem Autor jede Zufriedenheit mit dem Erreichten verbot. Ich hatte eine Art Sieb zu sein, durch das er presste, was ihm eingefallen war ... Zu diesem »Programm« gehörten lange Spaziergänge in den Feldern um sein bayerisches Domizil, wo er mit Angelika und ihrer beider Katze (hieß sie nicht auch Lilli?) wohnte, ausgedehnte Abende mit dem Hören von Musik und dem Schauen von Kurosawa-Filmen, Reisen nach Berlin, wo er Menschen studierte und wo wir beide in der Hasenheide wohnten, bei Hubert, der wie Ulf aus

Wusterhausen an der Dosse stammte und jede Ecke der Stadt kannte – Ecken, die Ulf sehen und ausgiebig beschnuppern wollte, auch wenn er sie für seinen Roman am Ende des Tages nicht brauchen konnte.

Mit alledem vergingen Wochen und Monate, in denen *Lilli Berlin* Seite für Seite entstand, in denen Rick Jankowski, Lilli und die anderen Gestalt annahmen – und in denen ich dem Verleger, dem es irgendwie unheimlich war, dass sein junger Lektor so oft aushäusig und nicht zu sprechen war (es gab ja keine Handys, keine elektronischen Verständigungsmittel), von Fortschritten berichten konnte, an denen im Verlag jedoch keiner so recht glaubte.

Ich verzichte darauf, jetzt weiter ins Detail zu gehen, aber indem Ulf Miehe so beharrlich an diesem Roman arbeitete, der ihm – auch wegen seiner deutsch-deutschen Thematik und wegen des Irrsinns der deutschen Teilung, die damals ja von jedem als historisch gesetzt galt – so unendlich wichtig war, konnte er ihn vollenden. Dass er dabei nie seinen Humor verlor und dass wir, wann immer wir uns sahen, erst einmal einen oder mehrere Songs von Bob Dylan hörten, sei am Rande erwähnt.

Und erwähnt sei auch ein Premierenfest im Juli oder August 1981 in Berlin, an dem die Freunde zusammenkamen, um Ulf Miehe zu feiern – einen Autor, der, selten im Literaturbetrieb, keine Feinde oder Neider hatte, weil er wie sein Erzähler Benjamin war: wahrheitsliebend, direkt, unbestechlich, mit einem Blick für die Schattenseiten des Lebens und für diejenigen, die ihre Sache, gegen alle Widerstände und mit aller Kraft, behaupten. Zudem war er ein Mensch, der lieben konnte – Bücher,

Musik, seine Frau und Kollegen wie Jörg Fauser und Klaus Bädekerl, die ihm nahe waren.

Am 22. Juli 1981 schrieb Ulf Miehe in mein Exemplar von *Lilli Berlin*: »Lieber Rainer, das ist deins. Ich schreib was rein, damit du es nie weggeben kannst.«

Ich habe es nie weggegeben.

Rainer Weiss, Frankfurt a. M. im Juli 2014

Biographisches und Bibliographisches

11. MAI 1940 Ulf Miehe wird in Wusterhausen an der Dosse (Mark Brandenburg) geboren; er wächst in Berlin, Westfalen und an der Nordseeküste auf

1958–61 Buchhändlerlehre in Bielefeld

Miehe: »Ich wollte Zeitungsredakteur werden, war aber zu jung, die haben mich nicht genommen und mir eine kaufmännische Lehre empfohlen. Die habe ich dann gemacht.«

In dieser Zeit entstehen erste Gedichte

»Damit habe ich im Bus angefangen, auf dem Weg in die Lehrstelle. Die Fahrt dauerte mehr als eine Stunde jeden Tag. 1961 habe ich meine ersten Gedichte veröffentlicht. Die anderen sind verstreut erschienen: im Funk, in Zeitschriften, in Anthologien.«

1961–65 Verlagsvolontär und Lektor in Gütersloh

»Am letzten Tag meiner Lehre als Buchhändler habe ich dann in Bielefeld gekündigt und bin sofort zu einem Verlag gegangen, bei dem ich Lektor gelernt habe. Und zwar durch alle Abteilungen: deutsche Literatur, ausländische Literatur, Kinderbücher, Sachbücher. Dadurch habe ich Literatur kennengelernt. Als Buchhändler kommt man ja nicht zum Lesen. Jeder Käsehändler kennt seinen Käse, sagten wir damals, aber wenn ein Buchhandelslehrling beim Lesen erwischt wurde, gab es Saures.«

1962 *Gedichte*, von Gertrud Höhler und Ulf Miehe

1965 *Panorama moderner Lyrik deutschsprechender Länder von der Jahrhundertwende bis zur jüngsten Gegenwart*, herausgegeben von Wolfgang Hädecke und Ulf Miehe im Sigbert Mohn Verlag, Gütersloh

1965–69 Miehe arbeitet als freier Autor, Übersetzer, Regieassistent, Statist und Synchronsprecher in Berlin

> »Zum Film bin ich durch einen Freund in Berlin gekommen. Der machte bei Artur Brauners B-Pictures Regieassistenz. Ich wollte schon immer nach Berlin. Ich hatte als Kind lange da gelebt, das war eigentlich die Stadt, in der ich leben wollte. Da habe ich versucht, meinen ersten Roman zu schreiben, und ihn dann weggeschmissen. Dann hab ich zurückgeschraubt und mit Erzählungen angefangen. Das ging besser. Ich war im Grund erst 1972 so weit, eine lange Geschichte durchzuhalten.«

1966 *In diesem lauten Lande*, Gedichte

Drago Ulama: *Gedichte*, übersetzt aus dem Serbokroatischen von Peter Gerlinhoff und Ulf Miehe in Zusammenarbeit mit dem Autor, Sigbert Mohn Verlag, Gütersloh

Unter dem Pseudonym Robert Artner schreibt Miehe zusammen mit Clark Darlton den Kurzgeschichtenband *Am Ende der Furcht*, Heyne Verlag, München sowie die beiden Science-Fiction-Romane *Der strahlende Tod* (1967) und *Leben aus der Asche* (1968), Arthur Moewig Verlag, München

1967 *Thema Frieden – zeitgenössische deutsche Gedichte* (Anthologie), herausgegeben von Wolfgang Fietkau, Armin Juhre und Ulf Miehe im Peter Hammer Verlag, Wuppertal

»Bei Erdaufgang«, Kurzgeschichte in *Die Reise nach Bethlehem*, herausgegeben von Armin Juhre im Gütersloher Verlagshaus Gerd Mohn, Gütersloh

1968 *Die Zeit in W und anderswo*, Erzählungen im Peter Hammer Verlag, Wuppertal

Handgriffe für den Umgang mit Beat, Schule, Film, Kirche, Anti-Baby-Pille, Bundeswehr, Eltern und anderen Gegnern, herausgegeben als Robert Artner im Jugenddienst-Verlag, Wuppertal

1969 *Ab sofort liefern wir folgende Artikel* auf *Teilzahlung. Eine Politpornographie*, Texte, Fotos, Zeichnungen, Verlag Klaus Bär, Berlin; »Torpedo Definitiv Nr. 309675«, in *Supergarde – Prosa der Beat- und Popgeneration*, herausgegeben von Vagelis Tsakiridis im Droste Verlag, Düsseldorf

Umzug nach München

1970 »Nachruf zu Lebzeiten«, in *Vorletzte Worte. Schriftsteller schreiben ihren eigenen Nachruf*, herausgegeben von Karl Heinz Kramberg im Verlag Bärmeier & Nikel, Frankfurt am Main

1972 TV-Auftritt in der WDR-Satiresendung *Express* mit der Gruppe Superheroes, zu der u.a. Marius Müller-Westernhagen gehörte; die vier Schlager erscheinen auf dem Sampler *Musikladen* bei Warner Bros

1973 *Ich hab noch einen Toten in Berlin*, Roman im Piper Verlag, München, übersetzt in elf Sprachen, ausgezeichnet mit dem Kunstförderpreis des Freistaats Bayern, 1974 unter dem Titel *Output* verfilmt und 2006 aufgenommen in die Kriminalbibliothek der *Süddeutschen Zeitung* (Band 17), 2007 analysiert von Janet Janzen in *»The Writer Within Did It!« Metafiction and Ulf Miehe's »Ich hab noch einen Toten in Berlin«*, Masterarbeit zur Erlangung des akademischen Grades eines Master of Arts an der University of Waterloo, Ontario, Kanada

1974 Mitgliedschaft im P.E.N.-Zentrum

»Wir – die Unsterblichen« und »Test Tempus« als Robert Artner in der Anthologie *Wir – die Unsterblichen*, herausgegeben von Clark Darlton im Pabel Verlag, Rastatt

1976 *Puma*, Roman im Piper Verlag, München, übersetzt in den USA, Großbritannien, Holland und Portugal, 1999 bei DuMont erschienen in der Reihe Noir (Band 5), herausgegeben von Martin Compart, und dann 2010 als Taschenbuch, herausgegeben von Peter Henning, 2004 vom WDR in der Bearbeitung von Peter Schilske und unter der Regie von Walter Adler als Hörspiel produziert

1978 »Und plötzlich war der Himmel ein Karussell«, in *Hier lebe ich. Landschaften & Orte, gesehen von deutschen Schriftstellern*, herausgegeben von Bartel F. Sinhuber im Rosenheimer Verlagshaus, Rosenheim

1980 »Bei Erdaufgang«, Kurzgeschichte in *Utopia. Zum 60. Geburtstag des deutschen SF-Pioniers Walter Ernsting*, herausgegeben von Frank Flügge, Science Fiction Club Deutschland e.V.

Reinhold Kringel: *Filmische Adaption von literarischen Texten im deutschen Film der Gegenwart. Exemplarische Untersuchung des Films ›John Glückstadt‹ (Bundesfilmpreisträger 1975) von Ulf Miehe nach der Novelle ›Ein Doppelgänger‹ von Theodor Storm.* Magisterarbeit zur Erlangung des akademischen Grades eines Magister Atrium an der Westfälischen Wilhelms-Universität Münster

1981 *Lilli Berlin*, Roman im Piper Verlag, München

»Beat«, Kurzgeschichte in *Fans, Gangs, Bands. Ein Lesebuch der Rockjahre*, herausgegeben von Carl-Ludwig Reichert im Rowohlt Verlag, Reinbek bei Hamburg

1982 »Ein Toter schießt nicht«, Kurzgeschichte im *Heyne Krimi Jahresband 1982* des Heyne Verlags, München

Auf dem Album *Complicated Ladies* von Esther Ofarim und Eberhard Schoener erscheinen seine Songs »Radio on«, »Einmal nur« und »Vergessenes Lachen«

1984 *Mammut. März Texte 1&2, 1969–1984*, herausgegeben von Jörg Schröder im März Verlag, Herbstein

1987 *Der Unsichtbare*, Roman zum Film

Interview mit Ulf Miehe über *John Glückstadt*, in *West German Cinema Since 1945 – A Reference Handbook* von Richard C. Helt und Marie E. Helt, The Scarecrow Press, Inc., Metuchen, New Jersey und London

1989 »Nichts geht mehr«, Kurzgeschichte im *Heyne Krimi Jahresband 1989* des Heyne Verlags, München

13. JULI 1989 Ulf Miehe stirbt im Alter von 49 Jahren an einer Gehirnblutung in München

1995/1998 Brief von Ulf Miehe an seinen Freund Rolf Dieter Brinkmann, in *Rowohlt Literaturmagazin* 36: *Rolf Dieter Brinkmann*, herausgegeben von Maleen Brinkmann, Rowohlt Verlag, Reinbek bei Hamburg

2008 »Ein Zufall«, Kurzgeschichte in der Krimianthologie *Mord-Westfalen*, herausgegeben von Günther Butkus im Pendragon Verlag, Bielefeld

2014 »Eine Sorte von Vätern«, Gedicht in *Texte.Medien plus – Ausgabe für NRW*, Schroedel Verlag, Braunschweig

Filmographie

1966/67 *Treibgut der Großstadt*, Kinofilm (Regie: Harold Gabriel): Ulf Miehe erhält ein Engagement als Kleindarsteller

1967 *Make Love Not War*, Kinofilm (Regie: Werner Klett): Regieassistenz und Kleindarsteller

1970 *Jaider, der einsame Jäger*, Kinofilm: Ulf Miehe schreibt das Drehbuch gemeinsam mit Volker Vogeler, der auch Regie führte und dafür bei den Berliner Filmfestspielen 1971 das Filmband in Silber erhielt

1970/71 *Joker*, Kurzfilm (s/w): Ulf Miehe schreibt das Drehbuch und führt Regie

1971 *Zwischen uns beiden*, ZDF-Fernsehfilm (Regie: Roger Fritz): Drehbuch gemeinsam mit Roger Fritz

1972/73 *Verflucht, dies Amerika*, Kinofilm (Regie: Volker Vogeler): Drehbuch gemeinsam mit Volker Vogeler

1974 *John Glückstadt*, Kinofilm, nach der Novelle *Ein Doppelgänger* von Theodor Storm: Regie und gemeinsam mit Walter Fritzsche Drehbuch, 1975 deutscher Wettbewerbsbeitrag bei der Berlinale, ausgezeichnet mit dem Bundesfilmpreis für Regie, und Dieter Laser erhielt für die Titelrolle den Deutschen Filmpreis als bester Hauptdarsteller

1979 *So geht's auch*, ZDF-Fernsehserie: Regie bei der 7. Episode »So hat jeder seine Freiheit«

1980 *Nichts Neues unter der Sonne – Grüße Max*, Fernsehcollage aus Postkarten: Drehbuch und Regie gemeinsam mit Klaus Richter

1981/82 *Die Zeiten ändern sich*, ZDF-Fernsehserie (Regie: Horst Flick): Drehbuch gemeinsam mit Klaus Richter. Als Miehe und Richter die sechsteilige Serie über die 68er-Studentenbewegung im Schneideraum sahen, zogen sie ihre Namen als Autoren zurück. Sie veröffentlichten darüber eine Satire im *Jahrbuch Film 1981/82* von Hans Günther Pflaum

1983 *Es muß nicht immer Mord sein*, ZDF-Fernsehserie: Drehbuch für die 8. Episode (2. Staffel) »Einmal ist keinmal« (Regie: Kai Borsche)

1983–85 *Der Fahnder*, ARD-Fernsehserie: Drehbuch gemeinsam mit Klaus Richter für »Liebe macht blind« (Episode 2, Regie: Dominik Graf), »Der Dichter vom Bahnhof« (Episode 6, Regie: Dominik Graf), »In unseren Kreisen« (Episode 9, Regie: Erwin Keusch), »Wo die Kanonen blühn« (Episode 19, Regie: Wolfgang Panzer), »Karl der Große« (Episode 39, Regie: Peter Fratzscher)

1986 *Tatort. Die Macht des Schicksals*, ARD-Fernsehfilm (Regie: Reinhard Schwabenitzky): Drehbuch gemeinsam mit Klaus Richter

1986/87 *Der Unsichtbare*, Kinofilm: Regie und gemeinsam mit Klaus Richter Drehbuch, 1987 ausgezeichnet mit dem Bayerischen Filmpreis für das beste Drehbuch

1987 *Tatort. Gegenspieler*, ARD-Fernsehfilm (Regie: Reinhard Schwabenitzky): Drehbuch gemeinsam mit Klaus Richter

1989 *Die glückliche Familie*, ARD-Fernsehserie: Drehbuch gemeinsam mit Klaus Richter für die 36. Episode »SOS« (Regie: Jörg Grundler)

Ulf Miehe über den Kriminalroman

Es wird ja nicht die Krimiliteratur, sondern die deutsche Literatur überhaupt und nicht erst jetzt kritisiert als Nabelschau und der Innerlichkeit und Langeweile bezichtigt.

In der Literatur beklagt man also sozusagen die Abwesenheit der Welt, und in der gegenwärtigen Krimiliteratur fällt nur immer wieder auf, dass die bloße Abbildung der Welt, möglichst mit gesellschaftskritischem Anliegen, auch nur platt ist und äußerst selten spannend. Irgendwie, thematisch oder sprachlich, meistens sprachlich, amüsiert man sich eigentlich immer unter Niveau.

Jedenfalls ist ein ganz bestimmter, treuherziger Naturalismus immer ganz besonders langweilig. Am häufigsten entstehen solche Krimis beim TV, in den kaum totzukriegenden Serien. Ich brauche sie nicht aufzuzählen. Sie ärgern sich unter Garantie genauso darüber wie ich. Ja, und diese Krimis werden immer öfter gemacht von Redakteuren, die sich selbst »68er« nennen. Ganz plötzlich waren alle »68er«. Nun gibt es gewiss Schlimmeres, aber verblüffend war ihr Verhalten doch als »68er«.

Sie ahnen nämlich den Unmut der Mächtigen schon im Voraus, vorauseilender Gehorsam, Überanpassung, und sind oft so etwas wie »Ärger-vermeiden-Manager«

geworden, Teil einer Qualitätsverhinderungsmaschinerie, die arbeitet, wie Behörden das eben tun.

Der deutsche Kriminalroman gehört in den Zusammenhang populärer Kultur seiner Zeit. Er existiert auch nicht unberührt von politischen Verhältnissen; gerade ein vollkommen unpolitischer Kriminalroman kann viel über politische Machtverhältnisse sagen. Da wird sozusagen die Abwesenheit von Politik zum Indiz.

Was mich an Krimis immer gestört hat, war dieses Klischee, dass am Ende der Gangster erschossen wird, das ist die überholte Moral. Das stimmt doch auch gar nicht. Das wissen wir ja inzwischen.

Ich halte den deutschen Kriminalroman für gut und er wird immer besser. Allein, könnte man dahingehend mit der Kritik ansetzen, dass er sich – wie fast täglich am TV-Bildschirm zu sehen – zu sehr soziologischen Themen widmet. Er sollte eine gewisse Eigenständigkeit entwickeln, was die Themenwahl betrifft, sich also durchaus deutschlandspezifischen Themen zuwenden. Auch im Sprachlichen bedarf es noch einiger Verbesserungen. Die internationale Bedeutung deutscher Kriminalromane lässt sich wohl erst nach deren tatsächlicher Übersetzung bemessen. Aber es werden viel zu wenig deutschsprachige Kriminalromane in fremde Sprachen übersetzt. Meiner Ansicht nach sind u. a. Fauser, Kettenbach, Schweiger, Blettenberg, Werremeier und ich selbst die besten deutschsprachigen Krimiautoren.